洮州行吟
TAO ZHOU XING YIN

"魅力临潭·生态家园"全国百名诗人看临潭采风作品集

崔沁峰 主编
敏奇才 执行主编

作家出版社

"魅力临潭·生态家园"全国诗歌大赛颁奖暨著名诗人甘南行采风活动启动仪式

采风团诗人在冶力关赤壁幽谷景区

省州县与会嘉宾和采风团成员集体合影

国家级非遗项目"万人扯绳"（拔河）　　　　　　　　　　　　（后俊　摄）

红军长征洮州会议纪念馆　　　　　　　　　　　　　　　（高云　摄）

冶力关十里睡佛　　　　　　　　　　　　　　　　　　　（高云　摄）

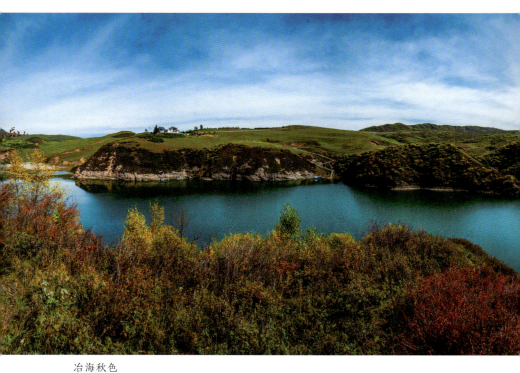

冶海秋色

（高云　摄）

全国重点文保单位洮州卫城（中国历史文化名镇新城镇）

（张吉焕 摄）

古战花海—中国拔河之乡 　　　　　　　　　　　　　　　　　　　　　（朵国良　摄）

目 录

在临潭，遇见诗和远方

　　临潭坐落在甘青川三省接合部的甘南藏族自治州，是长江与黄河在跌宕起伏中勾勒的一幅水墨长卷，是青藏高原与黄土高原在交会变迁中挺起的一座生态脊梁，是丝绸之路文明与唐蕃古道文化在纵横辐射中留下的一笔人文宝藏，更是自然天成的青山绿水与汉回藏等民族在相濡以沫中涵养的一方神奇沃土。临潭得天独厚的生态景观、巧夺天工的大地艺术、古朴厚重的人文底蕴，不仅把游牧文明、农耕文明推向了极致，更为五湖四海的人们提供了一方体验乡愁的"栖息地"、放飞心情的"归属地"、实现梦想的"福源地"。熠熠生辉的大美临潭，沐浴着青山绿水的芬芳，把最深情的祝福带到人间天堂；冉冉升起的高原明珠，传递着蓝天白云的问候，把最干净的阳光送进青藏之窗。

　　临潭历史悠久、文化璀璨、山川秀美、人杰地灵，千百年来一直是陇右汉藏聚合、农牧过渡，东进西出、南联北往的门户。临潭文化底蕴深厚，历代许多著名诗人如李白、杜甫、王昌龄、岑参、苏轼等，都写下了与临潭相关的、脍炙人口的诗篇。近现当代以来，临潭出现了如张戈、马国良、张尊荣、李城、扎西才让、牧风、敏彦文、王小忠、李志勇、花盛、李锐、张俊立、马锋刚、胡憬新等诗人，他们的作品被文学名刊或权威选本重点选载、推介。近年来，临潭诗人出版各类诗集《相知的鸟》《七扇门》《转身》《六个人的青藏》《小镇上》《洮水流韵》等四十多部，扎西才让获得了全国少数民族文学创作"骏马奖"，花盛被评为第四届甘肃"诗歌八骏"之一。临潭诗歌创作在国内外享有一定声誉。

临潭县自然资源禀赋良好、区域优势显著，旅游发展前景十分广阔。近年来，临潭县委、县政府以"五无甘南、十有家园"创建为抓手，以"魅力临潭·生态家园"建设为目标，高度重视文化旅游产业融合发展，全力完善基础设施建设，着力打造享誉全省乃至全国的旅游品牌。文旅产业发展势头十分强劲，在全县第十六次党代会上被列为重点培育壮大的"三大产业"之一，借助中国作家协会定点帮扶机遇也是临潭未来发展题中应有之义，力争以文学助力乡村振兴和文旅融合发展，让厚植于临潭这片文学的沃土、艺术的摇篮上的绵绵诗意与浓浓乡愁深入骨髓，让"中国文学之乡"绽放新时代"山乡巨变"。

为梳理近年来中国当代诗歌发展脉络，归纳成果，促进并繁荣临潭当地新诗、散文诗创作，表彰鼓励优秀诗人，2021年6月份，中共临潭县委、临潭县人民政府联合甘肃省作家协会、甘南州文联、星星诗刊杂志社等单位启动了"魅力临潭·生态家园"全国诗歌（散文诗）大赛活动，意在创作以甘南或临潭的文化历史、风景名胜、风土人情和改革新貌为内容的新诗和散文诗作品，进一步展示甘南自然、人文、历史文化，讴歌生态文明建设、文化旅游产业发展，拓宽文学创作途径，激发诗人创作灵感，描绘临潭生态家园。

征稿启事在各大平台发出后，引起广泛关注。共收到参赛作品八千五百四十余件，经过严格审查，审定符合要求的有效稿件五千七百二十四件。经隐名编号，初评、复评，共有七十件作品进入终评，最后由终评委打分，由高到低确定了本次大赛五十八位作者获奖，作品汇编成集《遇见临潭——"魅力临潭·生态家园"全国诗歌（散文诗）大赛获奖作品集》。这些作品，或写山水景致，或写人文历史，呈现了临潭秀美的自然风光、悠久的人文历史。

10月18日在临潭冶力关举行了"魅力临潭·生态家园"全国诗歌大赛颁奖暨中国著名诗人甘南行采风活动。来自全国各地的著名诗人王久辛、阿信、王山及甘南本土诗人扎西才让、王小忠、花盛等一百四十多人参加了采风，观赏临潭秀丽的自然风光，感怀洮州悠久的历史人文，以深刻的笔触抒写临潭。以此创作成果为基，又汇编作品成集《洮州行吟——"魅力临潭·生态家园"全国百名诗人看临潭采风作品集》。

这两部诗集的出版，得益于临潭县党委、县政府对诗歌的重视，得益于中国作协持续的文学帮扶。近年来，中国作协落实文学助力特色帮扶思路，已持续为临潭本土作家出版文学作品集十九本，培养扶持创作队伍，宣传推介临潭形象。我们编辑此书的目的，就是要通过诗集这一出版传播媒介，展示本次大赛和采风的成果，让全国各地的作家和诗人朋友更好地了解临潭，深入临潭，拿起你们的笔，打开灵感、智慧与想象的翅膀，尽情地书写临潭，宣传临潭，对临潭的历史地理、文化与旅游、现实与未来进行全新的、诗意的阐释和解读，为"魅力临潭·生态家园"塑形铸魂。让临潭及其冶力关、洮州卫城、红堡子、牛头城、洮州花儿、万人拔河这些旅游符号，更多地注入诗歌文化的精髓与灵魂，发挥诗歌的优势，让文学的力量成为全国各地的游人旅客认识临潭、向往临潭的情感栖息地和放飞心灵的目的地，以此领略临潭的秀美风光，感受临潭的特色文化，体验自然景观和诗情画意完美融合的人间天堂，在临潭遇见内心深处的诗和远方，尽情享受心灵的安逸。

让明天的临潭在甘南高原上，既是一座历史文化名城，更是一座诗歌之城！

崔沁峰
2022年夏　于临潭县城

雪山谣（四首）

阿　信

雪山谣

雪山啊
只有在仰望你时，那被沉重奶桶
压向大地的佝偻的身影
才能重新挺直

黎　明

草木的灵魂，封冻在冰凌中
——如果它们有灵魂。

几乎是透明的。
神意的鞭痕纤毫毕见。

那轻触过脸颊的羊的嘴唇呢？
那嘴唇沾满汁液的绿马的鼻息呢？

星星
一颗颗熄灭。

朦胧天际
暗藏尺度——

在黎明的钝感中收割它们的记忆。

暴　雪

高原的中心：一座石头宫殿。
那里一群饶舌的黑乌鸦在讨论外面的坏天气。
空气大面积塌陷。海水在大洋周边喷吐泡沫。

林中的光线越来越昏暗。手稿散落。
木板嘎吱吱作响。
圈着大牲畜的畜棚，在不远处轰然倒塌。

风卷起树叶、乌鸦、碎石、尖叫……
向天空的大漏斗倒灌：一株巨型雪松
拔地而起。钢琴被一双手反复击打。

兀　鹫

镜头里的大鸟，传说中的猛禽。
远观，冥想，植入诗句。不提倡
抵近观察：影响食欲、带来噩梦和坏心情。
草原上的清道夫，自然界的超能力。

位于食物链顶端，不知天敌为何物。
无名圣徒。非凡的培训师：训练出
一代代高空滑翔师、超音速飞行员、最后的
"斩首行动"执行者。
禽类中的忍者，高处不胜寒。
时时拷问灵魂，拒绝道德绑架。
精通天象，俯察生存；
不立一派，不著一字。
神秘的死亡大师，不设疑冢。
但没有一个人
可以接近它的领地，获取衣钵和传承。

作者简介：阿信，生于1964年，甘肃临洮人，西北师范大学历史系毕业，长期在甘南藏区工作。20世纪80年代中期开始诗歌写作，参加诗刊社第14届"青春诗会"。出版诗集《阿信的诗》《草地诗篇》《致友人书》《那些年，在桑多河边》等多部。曾获徐志摩诗歌奖、西部文学奖、敦煌文艺奖、黄河文学奖、诗刊社首届"中国好诗歌"提名奖等。

甘南二首

王久辛

甘南大草

大草，横着长
长疯的样子
托举着露珠和霜晶的素洁
露珠怀着理想
晶花闪耀着活的灵魂
三十年前和二十年前的
那几棵大草
依然挺拔且坚韧
他们和十年前的
与今年我初相识的一样
茂盛着
无边无际的大草原

他们是野马群
和野牦牛的兄弟
是鹰的战友，善良的
羊群的亲人，是我三十年前

二十年前十年前
分批次结识的诗歌义士
像忠于草原那样
他们忠于自己所爱所思所想
顽固不化，执着刚强
却灵魂出窍，直抵穹苍
时不时就冒出些
接近圣哲的佳句丽珠
他们不慕虚荣，敬畏天地
沉静而又虔诚
一门心思地
疯长着自己的茎叶
像绿色的光，向前向上
不顾一切地长
甚至长到了兰州
长到了北京
长到了九霄云外
哦，那纯良的大自然的气息啊
是他们全部的精神
一直在为人世间
提供着丰富的——氧
令我念想起甘南
就觉得自己又进行了一次
心灵的沐浴
他们与这片土地
融汇了
是绿着黄着变幻着四季的大草

他们，他们
我认识——他们

三十年前的：阿信是一棵

桑子是一棵，后来的

扎西才让，牧风、阿垅

和王小忠，以及今年

我刚刚认识的马玉梅、花盛等等

都是一棵棵人世间

最珍贵的大草

长在我心底，挺拔坚韧

繁茂永恒，构成了

我精神世界，另一个原乡……

2021 年 10 月 16 日　北京

忆甘南

大草横着生长

野性的气息握紧了上弦的银镰

一镰一镰，一弯一弯，一捆一捆

收割着我的金黄，和惊喜

之后，挂在了中天

大草，漫过了三十八年

青黄依然在夕阳下翻滚着我的银镰

一闪一闪，一弯一弯

在群星歌唱的天边

我梦的眼前……

2021 年 10 月 11 日凌晨

作者简介：王久辛，诗人。1959年生于陕西省西安市，祖籍
河北邯郸。首届鲁迅文学奖获得者。在 2009 年
《诗选刊》评出的"首届十佳军旅诗人"中名列榜
首。代表作长诗《狂雪》。

高原（五首）

扎西才让

红桦帝国

从合作去冶力关的途中，
你会遇到大片大片的红桦林。
阳光从高处落下时，
红桦的树皮就像一簇簇火焰。

一旦你进入红桦林，
就进入了一个火热的帝国。
实际上林子里是清凉的，
你甚至会感受到阵阵凉意。

对红桦们来说，你是突现的异类，
你想跟它们交谈，
大多数红桦保持着沉默的谦逊。

只有少数，以外交大臣的身份，
慢慢地，答应了你的请求，
但也不过是风吹过枝叶的声音。

从桑科草原到冶力关小镇

你们乘车前行。

你们是谁？是董继平、黄恩鹏，
是语伞、清水，是王小忠、杨扎西，
是桑科边缘的逶迤起伏的群山，
是群峰之下的冶木河的流水。

你们经过了草原，经过了峡谷，
经过了身边的牛羊、马匹
和草原与峡谷之上亘古不变的太虚。

你们终于抵达了，
抵达了冶力关，抵达了
赤壁幽谷、冶海天池和沉睡的佛。

你们抵达了内心的宁静，
抵达了穷其一生梦寐以求的远方。

在阿玛周措之畔
——兼致 ZLR

眼里，是高原上幽蓝的湖水，
正在收纳来自八方的五谷和珍宝。

心里，经年滋生的庸俗之气，

正被突现的自然之美渐渐消融。

神在这湖边种植的人间的百草，
现在，各自奉献出奇异的果实。

你在我人生中插入的思念的金矢，
现在，软垂了摧心裂肺的箭头。

高　原
——献给董继平先生

我看到广阔，
我看到高远，
我看到来自书斋的自信与孤独。

我喜欢这种广阔，这种高远，
这种自信与孤独。

因为这位古老又年轻的先生，
我再一次爱上了这个世界。

往年雪
——给朋友传达来自冶力关的讯息

当柳树扬花，燕子回来，
当风筝融于空荡荡的蓝天，
一个爱你很久的姑娘，要离开了。

她从雪山上下来，
手里捧着纯洁又热烈的高山杜鹃，
这个爱你很久的姑娘，要离开了。

下班铃声再度响起，
孤单的她等待着调离的消息，
这个爱你很久的姑娘，要离开了。

既然她无法得到你的垂青，
你的心海里始终没有她的小舟，
那她只好像往年雪那样真的离开了。

作者简介： 扎西才让，藏族，甘肃省临潭县人。中国作家协会会员，甘肃"诗歌八骏"之一，第十二届全国少数民族文学创作骏马奖获得者，2019全国少数民族文学之星、第四届甘肃省中青年德艺双馨文艺工作者荣誉称号获得者。著有诗集《七扇门》（2010年）、《大夏河畔》（2016年）、《当爱情化为星辰》（2017年）、《桑多镇》（2019年）、《甘南志》（2021年），散文集《诗边札记：在甘南》（2018年），中短篇小说集《桑多镇故事集》（2019年）。

冶力关（外一首）

老房子

突兀于大漠。风尘一直是
吹不散的诵读者。有人尾随成
一粒，如我

乘剑阁云千里飘来，而那匹
洮河马
已跳出了三界

厄酒浇红了五行的面颊。黄昏月
误醉风凉
冶力关和野林关厮磨絮语，其时
混作一谈

但我相信，由来已久的称谓
自有其说道，考史和辨物，不必
定于一尊。信则灵

何况这大好河山，一直在扭粗一根历史长绳
人与自然拉扯较量。哇，哇，哇……那么多的人

纷纷擦掌而入
风物生机勃勃，史迹深浅虚实。而我更
相信当下

非虚构恍若传说，比如"八角花谷、十里画廊"
比如十七米长的花梨木油梁，撬起两千五百公斤的记忆
眼睁睁把一段古朴榨成了"非遗"
活色正在生香

再要比如吗？那农家乐的老汉用一整堵墙
构筑欢喜，满怀沉甸甸的金镶绿。蘑菇云
荡在紫外线织就的蓝天合不拢嘴，像他和
他的房客

那么还要比如，就走到了岔道口
勒石立碑。冶和野长年相互训诂
一座烽燧凝固。关里关外，过往之人就这么
延续着高度、厚度、深度

冶木河

冶力关渐渐舒缓下来。冶力关又忽然
躁动起来。血脉，血脉
关隘的血脉
幽谷跌宕前世，赤壁矗立来生

一群黑白飞行物突然聚拢
又散去。这些风月的象形
饱蘸融化的冰，把眼下起起伏伏的日子

大写意在它们的鸣叫里

起来，隆成一座莲花山峰
落下，嵌入两条峡谷
六月间清亮的花儿由东响到了西
由西亮起了东

而天边那一尊安详老僧
一呼成云，一吸化雾
缥缈就是
霞光高亢月影悠长风声急促

斑斓哈达涌动
滔滔不绝……
溯水而上的命，顺流而下的运
世事如斯。我们

尽管沿河而行
沿河而行
沿河而
行

作者简介： 老房子，本名刘红立，四川凉山人，居成都。中国
作家协会会员，四川省作家协会全委会委员。曾获
《安徽文学》"实力诗人"称号、《成都商报》诗歌
集结号"头条诗人奖"等。出版诗集《低于尘埃之
语》等多部。

洮州情（组诗）

花　盛

卫　城

海浪般的高原低处，是无垠的草地
草地深处，是掩映在花丛中的江淮人家——
洮州。花儿一样的故乡

时光的隧道，诉不尽久远的传说
那些被遗留下来的城墙，有着温暖的呼吸
站成我们永不言弃的精神

行走在城墙之下，每一块砖
都凝聚着我们的汗水、初心和坚守
每走一步，都是一次与历史的深情邂逅

那些穿城而过的身影，有你也有我
我们在这片古老的热土上心连心手牵手
像一座座山水相连的大地，相互依存

扯 绳

夜色冰凉，但元宵的灯光依然炽热
像金灿灿的苏鲁花，绽放在每个人的脸上
驱散高原小城飞舞的雪花和漫长的寒冷

我们不约而同，从四面八方赶来
聚集在古老的洮州，只为与兄弟姐妹
拧成一股牢不可破的绳

我们齐心勠力，不分民族
也不分男女老少，只为用磅礴的力量
谱写洮州不朽的信念和永恒的赞歌

花 儿

像一条永不止息的涓涓细流
穿梭在山野树林，闪耀在田间地头
滋润着你我的心田和希望

像一缕和煦而柔顺的微风
吹过村庄和田野，回荡在山野庙会
拂去你我生活的劳累和忧伤

像一缕溪水般透明的月光
为你我披上梦幻的衣裳和斑驳的梦想
让幸福的时光在夜色里回响

你听，那悠远嘹亮花儿
像谁在洮州大地上深情地呼唤——
声起，百鸟静；音落，万物醉

洮　绣

一块布，在洮州"尕娘娘"手中
就是一片土地。她们在土地上
耕织着自己的芳华和白首之心

一块绸缎，在她们的指尖
就是一个智慧的家园。她们在家园里
种植花草树木，饲养鱼鸟蜂蝶……

斑斓的世界，在飞针走线间
拥有了呼吸和灵魂，拥有了鸟语花香
也拥有了心灵的翅膀

她们，把自己的一生
绣在一朵花里，一棵草上
让它们替另一个自己永恒地活着

蒽家庄

经过许多次了，每次都觉得蒽家庄
像花瓣上清澈灵动的音符
晃动着，映出来自渤海湾的深情

草已经绿了，花已经开了

探头探脑的庄稼，像广场上荡秋千的孩童
梦想的翅膀，一次比一次飞得更高

正午的阳光，明灿似锦
露出白墙黛瓦下纳凉老人的往昔与今生
还有，怀里婴儿吮吸的芬芳

我们顺着风的方向奔走
像冶木河一样，不舍昼夜，每一朵浪花
音符般，奔向梦一样宽广的海洋

池　沟

水磨旧了，流水依旧
翠绿的苔藓像老房子，焕然一新
掩映在农家小院的绿荫里
孩子的笑声，水一样清澈

墙角的马兰花旁，蜂飞蝶舞
恰似一曲曲悠远嘹亮的洮州花儿
在冶力关，在洮州
蓝莹莹地盛开

山　下

从山上下来，沾满泥土的双手
曾有过不舍与眷恋。我们的目光
曾有过被露水打湿的忧伤

被旧时光淘洗的日子
晾在山上，像风干的野菜
填充记忆里贫穷的往昔

每一粒种子，都曾有过挣扎和彷徨
她们，在泥土里心怀梦想
在春风里，渐次苏醒

白墙黛瓦的小楼，鳞次栉比
窗前哗哗流淌的溪水，传唱着
古洮州一段久远的乡愁

庙花山

泥泞的水草滩消失了
取而代之的，是十里花廊

木扎河清澈的跫音
像柔软的绸缎上，一只只低飞的蝴蝶

透明的羽翼，梦一样轻盈
归来的脚步，花一样芬芳

洮州短歌

以山为魂，我们是青藏的子民
以水为魄，我们有透明的心灵

山水相依的温床，血脉绵延

花儿星辰般镶嵌在时光的草地
照亮大地，也温暖生活
在草丛间融化所有的冷暖悲喜

你没有唱出的牧歌，风替你传唱
我没有说出的话语，花替我表达
在昼夜交替里，我们完成一次次蜕变

坚韧如山的骨骼，也有河流的柔软
温顺如水的爱恋，也有山峰的永恒
我们活出太阳的暖光和月亮的缠绵

在高原之上，万物慈悲
草尖的露珠和鸟鸣一样高贵
我们仰首为马，俯首为城

作者简介：花盛，藏族，甘肃省临潭县人。甘肃省作家协会会员、第四届甘肃"诗歌八骏"之一。出版诗集《低处的春天》、散文诗集《缓慢老去的冬天》、散文集《党家磨》等多部。

石头与水的临潭

干海兵

去临潭

风也过临洮了，雨也过临洮了
带霜的梦高悬在
孤月的微翕的嘴唇上

河水切割着石头般的黄昏
广场舞溃散在羽绒服的
低海拔的铁锈中。而早年的
草的葳蕤把羊拉到了
一盏热腾腾的香气里

滴着星辉的每一片树叶
都将为夜打上闪亮的补丁
都将浩大为哥舒飞翔的巨鳖
鸣镝无边无际
今夜的小宇宙，人马纵横

冶海湖

雨擦拭着常爷庙的钟声
山谷回响着水的马蹄
一棵歪脖子的柿树引导
秋深彻骨的红

拍打着11月锋利天空的
水，随一两滴
寒鸦起伏旋舞的水
有骨头的水，常遇春
的镜子淬火的早雾

凭栏远眺
草木的六百个春秋让出
一条通往天空的小路
而群山局促，而神迹聚拢又消散
一湖一庙一乾坤
一人

冶力关之夜

野林关上空镶嵌着七星
被风拨动的山峰
仰天睡去的人鼻息安详

从兰州缓慢移来的诗句

在红叶和结霜的马蹄声中
燃起了青稞液体的烈火
今夕何夕，白发映照出
青衣少年开花的背影

只有线装书还蜿蜒着
瘦成弯刀的洮河水
白墙青瓦的街衢，人民在
缓慢地生活、爱和追怀
冶力关就是野林关
春风起处便是桃花源

作者简介： 干海兵，生于1971年，笔名冰竹，四川荥经人，大学文化，中国作家协会会员。著有诗集《夜比梦更远》《青衣这方土》等。

穿越甘南的深秋（组诗）

空灵部落

到甘南去

北方的秋天
只是云边的一条缝隙
到甘南去。那里已降初雪
我要去看看甘南大雪
反复擦拭的时间的铜器
顺便也擦拭自己
过去的时光
无以复活的马匹和牧草的细节
将黄河首曲刻在记忆的音轨
再从莲花山的白雪里
寻找遗失的诗句
如果可以，就去夏河拉卜楞寺
聆听灵魂无声的气息
在经幡飘扬的瞬间
成为一朵雪花

听水响

冶木河。我在河边听水响
心里的小兽忽然激动了

昨天还在成都平原
今晨离雪山的体钵已如此接近
水声干净，百鸟唤醒黎明
逆水而上，你将会搭上雪山的天梯

圣洁，我理解为一个动词
甘南之雪无声地诠释着
她能够融化其岩石、树丛、黑夜
以及尘世的疾苦

甘南藏羊

甘南藏羊。一半棕黄
一半雪白，将秋与冬披了一生
甘南无猛虎，只有云朵
满足你的想象

公羊全部的激情
在长一对雄霸天下的角

大地起伏。草原、荒山、雪峰
蓝天下一望无垠的甘南

亘古而壮阔。藏羊
置身其中，打破了草原的大寂寞

甘南牦牛，执着于草地纵深之地

甘南的初雪铺满草原
待我赶到，雪已将每一根草包裹一层冰

牦牛在转场，拦住过往的车辆
执着于草与草场纵深之地

也许牦牛的忍性，源于草地最后的枯黄
为汲取阳光的温度而选择了黑色

每一头牦牛都在积攒，一场死亡的仪式
惟有悲壮流泪，没有孤独终老

每一座荒山都有名字

汽车在甘南连绵的荒原
穿行。每一座荒山
都有恰到好处的名字
穿过一个隧道
我就读一次。我已忘记的
风在读、月光会读
还有无数的荒山
横卧在那儿
只有极少的荒草

在盼望鸟带走种子
方圆十多公里，惟见到独处的乌鸦
还有几只秃鹰用翅膀
驱逐灵魂

美仁大草原，开满冰凌之花

从冶力关
奔向安多合作米拉日巴佛阁
要穿过甘南美仁大草原
一场大雪，退却了草原的余温
牦牛与藏羊已转场到异地

我从他乡而来
草原开满冰凌之花
将全部的晶莹袒露出来
没有一粒尘埃，没有一个浮世
纯净的世界在经幡隧道
铺排开来。长风默诵经书
经幡气韵真言

作者简介： 空灵部落，本名杨华。四川省作家协会会员，自贡市作家协会理事，写诗、评诗十余年。民刊《诗边界》主编。

我是高原的外姓（组诗）

李自国

牛头城

呜呜呜，呜呜呜
牛角号的石头在叫

哞哞哞，哞哞哞
牛头城的牛闻鸡起舞

陇原上，低沉粗粝的叫声
一叫就是一千七百年
从西晋的鲜卑兄弟吐谷浑
到开创了洪武之治的朱元璋
再到牛头城难以自拔地叫
叫成护城壕的火焰，叫成点将台的硝烟
旌旗猎猎地叫，刀光剑影地叫
时间就此蹉跎，又就此凝固

牛头城的牛，就剩下这颗
瞪着牛眼的硕大的牛头

它依山险要而筑，饮血踏歌
而牛群早已远走他乡
牛身从烽火墩，从戍卒的泪眼婆娑
换回大地的安详与平和
挨回府衙上下的风和日烈、偃旗息鼓

俯瞰四周，一边是炊烟袅袅
另一边是见证了这座古城荣辱的
悠悠时空，它像牛尾一样
一个摇摆，都是上千载光阴的蹉跎

甘南的羊

一群藏地里的欧拉羊
背着一身干柴上山
措美峰的肉味鲜美
夕阳西沉的草原体形多么高大
惬意安详的玛曲里
有它最耐的高寒

欧拉羊在上演一场安多大戏
它听见了奶奶远古的呼唤
浓郁的草香让时间逆流成河
埋在白雪深处的一个个梦
远大一般的羊种，它生长快，四季牧歌
但戏台上，美丽的格桑花盛开了一半
不幸掉了一只欧拉羊，掉在
黄河与长江的
分水岭，却遇见

杏花和春雨们，纷纷下江南

甘之如饴，明烛天南
早有人类的奶奶在我诗歌里生息繁衍

赤壁幽谷

我来时，已是赤手空拳
而你却赤裸着高大身材
以丹霞姐妹红的秘境、幽谷
安放帝尧时代的彭祖
一介之身修炼

上千年的赤心巡天
上万年的鬼斧神工
仙魔十八洞，令我心结难解
我来礼谒，终得其所
你和我各有所求，而所求
该有所愿，该有所愿又有多好

这就是你给予世间全部的爱吗
鼓角间飞出的爱像狮虎出山
笛孔里飘出的爱像僧人峭壁诵经
琴弦上流淌的爱如蟒蛇腾挪与婉转

上苍眷顾，时光不负老花
你依旧赤裸出千仞峭壁上的知己红颜
还是衣揽山岚、泼壁野谷吧
回望清浊七十二眼泉
传说又如此深幽、久远

就以一次爱情相拥而泣的赤壁之战

你和我都承受着无尽的生离
纵然抱璞泣血的孜孜以求
终将以赤壁的鏖兵之恩
趔趔趄趄，天成地平，就在披肝沥胆之后
去相信爱，相信千里临潭一手牵

临　潭

它的"花儿会"流淌成河
它以高挺鼻梁的海拔
绕过一条古洮州时光，潺湲的洮河
就一点一滴地临近水潭
三点水的潭，新石器时代就有的潭
幽深而生衍出不息天空的蓝

水呵，一手牵着莲花山与常爷庙
一手牵着洮州卫城与冶力关
它在圣湖冶海的脑海中浮现
水的眼，水的皱纹，水的身材
它润泽一望无际的沙漠、戈壁与生命
润泽牛羊、篝火、雪山和爱情

呼吸，入梦，岁月的步履已疲惫
我因为爱而叩拜，它的北蔽河湟
我因为情而痴迷，它的西控番戎
我因为恩而谢罪，它的东济陇右

西北风一吹，"花儿"就满山坡地开

唯有"进藏门户"和"茶马互市"的身份
从秦腔、马家窑彩陶、貂蝉故里穿越
从羊肚菌、社戏、鸳鸯戏水的洮绣中穿越
人生如戏，戏如人生
它的四周环绕着青山
它看过了许多精彩演出
它经历了无数离合与悲欢

临水之潭，因一种上善的临近而
天圆地方
因一股股满潭不竭的圣水而
天人合一

洮州卫城

万物初醒，静谧兮
目之所及，苍鹰兮
天穹下，时间老人独坐一轮斜阳

这一刻漠漠征尘、刀光剑影
下一刻血迹生疮、满眼荒痍

虎啸狼嗥，战马也趿扈飞扬
洮州呵，你西番门户，水寒、天荒
而卫城筑地戍守，扼其咽喉

我从远方的平原来，是高原的外姓
置身古战场，手抚残垣断壁
仍是高耸、屹立、坚固、巍峨

那叫岁月神祇的认领，山河的无恙
仍是泪的奇绝、血的腾跃、汗的虎威
那便还愿了群山心邃、羌笛的流浪

五扇城门，就是明朝那位饮马将军
安放在苍山，蟠龙踞虎的五颗心脏
四座烽火台，就是万千戍卒
威震四方的拼杀之后的四海一家

呜咽、幽深、沉默而遥望
城门早已洞开，每一块汉砖
都是满满写过血泊与苦难的家书
登上城墙，河清海晏，干净空旷

人间皆安，匍匐兮
山河永固，祈祷兮
洮州卫城，一生一世戎马倥偬
墙内依旧一城硝烟，一地月光
墙外已是英雄长生，万盏酒香绕梁

作者简介: 李自国，笔名西村，中国作家协会会员、中国诗歌
学会理事，四川诗歌学会副会长，四川文艺传播促
进会副会长，国家一级作家，《星星》诗刊原副主
编。已出版诗集《第三只眼睛》《告诉世界》等十
四部。作品入选百余种选集，曾获四川省文学奖、
新诗百年优秀作品奖、郭小川诗歌奖、2020年度
十佳华语诗集奖等。

临潭记

张敏华

1

枯木逢秋，秋也是春，
山水一方，天时地利人和，
日月抱紧临潭。

2

灵山卧大佛，山是佛，
佛是山，
开门见山，存在
即虚无。

3

旭日天池冶海，夕照东明，
冶木河畔，"啊花儿哟，
两连叶！"
临潭"花儿"开①。

4

将从亲昵沟挖出的
一块石头，晒太阳，
三分钟后，又重新把它
放回原处。

5

天与山的豁口，莲花山
可辨，赤壁幽谷
可辨，洮州的脊梁
可辨。

---

① 临潭"花儿"：一种流传于甘南藏族自治州境内的民族歌曲，世界级非物质文化遗产。

6

冶力关的秋色，不只是临潭的秋色，不只是
尘世的秋色。

作者简介：张敏华，1963 年出生，祖籍桐乡，出生于南湖，
中国作家协会会员。在《人民文学》《诗刊》《十
月》等一百多家刊物发表诗歌。著有诗集《最后的
禅意》《沉香荡》等四部，散文诗集《风从身后抱
住我》。

临潭游记（组诗）

黎　阳

在洮州，山高云淡

野林关的夜幕，镌刻蓝色星月的梦
冶木河水铺开的词汇　往事
一滴水珠融合汉的光阴斑
一滴水珠融合藏的岁月斓

秋高，在层峦尽染的谱系里
花儿穿透丹霞的气爽
和峡谷壁垒的冷峻　重返田园的人
是大地最纯情的歌者

古树直抵池沟村的文脉
古磨旋转出阴阳的契合
一尊胸怀众生的卧佛
让草木成为悲悯的毛发

在节节拔高的梯田里
种下白墙黛瓦

和小桥人家的诗情画意
在高原的水系里，放生
平仄的步伐
和晨钟暮鼓的浅吟低唱

今夜我为冶木河写出涛声

每一次流过陌生的岸
我总是站在草木之中沉默
仰望星空的流云　那是
旅人今生的羽翼

一衣带水的风
留给月色的碗，留给静谧的峡谷
容纳余生的深邃
我们沿着灯火走向灯火
在车流消失的拐弯处　陷进
众口铄金的光影胶片

没有坡度的往事落在纸上
落在晨曦窗口的光里
潺潺波心荡漾出步行者的背影
这是外来客的背影
平静的目光，涌出甘南的波涛
一次次冲刷格桑花的履历

临潭的云

灌木不约而同高过目光
在野林关的溪水里，一枚乡音
涌出水面，我看到的格桑花
是邻人
举起久违的词汇

温暖的中年，从卧佛的衣袂下
读到经幡的呢喃和峭壁伸展的平仄
古磨下的汁液飘香
在杯盏之间演绎聚散离合

那些年，那些岁月
缓缓落在这一刻
枫叶的红色素里　秋风漫卷
在梯田的台阶上
衍化成欲言又止的家书

在野林关的夜晚，等一场浩瀚的雪

雨落下了，秋风吹着天空的微澜
吹着往事的阑珊
冶木河低声部
唱和那些削落指甲的往事
疼枯草叶脉上的一颗冰珠

围绕灯火，我把步伐落进中年
平平仄仄的梯田渲染着晚秋的绿色
那个跑在雨夹雪里的牧人
奔向惊慌失措的牛羊
还是奔向篝火

迎宾楼下，这最后一曲藏歌
是临潭花儿的绽放，还是
膜拜雪夜的归者，在琴弦断裂之前
撕开夜色的围巾　用一碗烈酒
落进中年的愧色
还是放开紧锁的歌喉
把兰花花的扭捏装进动感的岁月

在圣旨崖下

我裹紧袖口，把风和湿度
留在浮桥之上
大佛滩和妖魔洞留给好奇心重的
浮云，在神仙渡外穿透心灵
用撕裂丹霞的花儿
直抵高崖上的无人之境

在静谧的层峦里
那些闪烁的身影，一边隐现
一边用声音惊扰草丛的蛇
和深洞中空旷的心境

秋叶敞开胸怀的词语

在短亭的板凳上，落下独坐的签名
奉天承运

做一个有用的人，聆听季节
在父母鞍前马后缓缓地跟随
跪安
这单草的人世

在大雪封闭春天的道路之前

棉布帘子是关东陈旧记忆的隘
落在寒冬屋门的雪花
和玻璃窗上的涟漪　是妙手天成的
腊月的风景线

在甘南　牧人浩荡的行军曲线
是当周草原的矩阵
牛群、羊群必须翻越雪地
翻出雪下的草命
才能抵达囤积春天的仓圈

每年最后一次的迁徙
牧犬守护着围栏
和最后一片草场的蓝

在洮关雨花飞舞

迎薰门的留痕不会计较分寸
我把回眸落在方砖上　一寸相思
坍圮的城墙和斜阳里的余晖
更像我久违乡邻的颜容

旌旗漫卷，这中年的拼搏之声
渐渐消逝在苍穹的云层里
惊雷不断，唇齿之间
苦味缓缓聚集在焦灼的词汇里

该落下来的，总是要落下来
或是野林关或是萧关
这都不重要了，雨花绽放
我们都学会闭口不言

在雨里等待

作者简介： 黎阳，生于1974年，本名王利平，黑龙江讷河人。曾在《星星》《诗刊》《文艺报》等报刊发表作品。作品入选《中国当代诗人诗歌精品选》《中国百年诗人新诗精选》等多种选本。曾获2016年川东文学奖、2017年巴蜀文学奖。出版作品集《成都语汇——步行者的素写》《情人节后的九十九朵玫瑰》。

和你说一说临潭

李维宇

印　记

以一只鸟的轻到临潭
比我轻的还有雾，在冶木河流淌的方向

我俯身向一池湖水致敬，仿佛那里
藏着我年少的秘密
不能说，就一直不说
谁问也不说，我只是回到
一个如家乡般的地方

握了一些人的手
握着握着，我们便走散了
散了也就散了，记得手心的温度
等到天冷
将手摊开，找一找
那些纹路里，是否还有河水流淌的痕迹
是不是藏着一句，你好

在冶力关

沿着冶木河走，不怕迷路
顶多走到从没去过的镇上
问一下小镇的藏族同胞，野林关大酒店
怎么走

走着走着
月亮便圆了，小广场上
女人们一边跳舞一边
用余光看我。
舞曲是汉语歌，如果是藏语的
我会加入她们
我会和她们一起，白天用羊毛织氆氇
夜晚出来认领星光

再晚点，会出去唤放羊的男人回家
我的男人听不见我喊他，他会自己
踩着夕阳回来
取下腰里别着的鞭子，把又高又瘦的影子带进家门，锁好
天亮再领它出去放牧。

秋天来了

我能肯定一棵银杏树的衰老
当然，它只是黄了叶子
它的衰老不是身体

而是看着那么多人离去，那些
背影的衰老

轻轻抚摸它的枝干
有人突然终止了他热情澎湃的中年
一只绵羊从一条柏油路上跑过
下一秒，便被端上餐桌

没有办法
我们都是最无助的一群
面对冷起来的天气
银杏树脱光它的叶子，我们
藏起光滑的手臂
那个叫扎西的少年，他要裹着羊毛氆氇回家。

作者简介：李维宇，女，笔名微雨含烟。中国作家协会会员。
曾获辽宁文学奖诗歌奖。参加诗刊社第29届"青
春诗会"、第17届全国散文诗笔会、首届星星·散
文诗全国青年诗人笔会。鲁迅文学院第31届高研
班学员。出版诗集《回旋》。

——给阿信

庞　培

一条洮河静静地流
现在是哗哗地流
从前是吉普车，山里来的马帮
今天是旅游大巴

在我车窗、车轮底下
洮河水哗哗地流
我又见到了古马和阿信
喝上了烫热三十八度的青稞酒

眼泪在我心底哗哗地流
无名的洮河曾经花儿
早已临潭。洮河上倒映着青藏高原
向黄土高坡的清澈过渡

河水的清澈，名字叫什么
甘南草原的卓尼土司，名字叫什么
野林关的阿尼玛卿，名字叫什么
花儿高耸入云，名字叫什么

作者简介：庞培，本名王方，出版诗集《乡村肖像》《五种回忆》《忧郁之书》等。获得1995年首届"刘丽安"诗歌奖，1997年"柔刚"诗歌奖。

在冶力关，我是一朵云（组诗）

彭世华

采 风

在牙扎村庭院
在庙花山人家
在池沟村关驿
在庙沟村油坊
还有吉狄马加题字的小桥流水旁
一个诗人，不，一群诗人
来采风
不停地拍照，拍照，拍照
他们可是来自五湖四海
见过世面的人啊
那一刻，我是甘南高原上的一朵云
骄傲得心花怒放

半湖水

好遗憾，烟雨蒙蒙

阿玛周措两旁的白石山
只露出一半
阿玛周措的湖水
也只露出一半
那半湖水呢？那半湖水呢？
像一个撒了谎的导游
我竭力解释、分辩
不是这样的
明年，好不好？
明年春天，再来冶力关
我一定带您重来阿玛周措参观

隐　谷

刚刚好，赤壁幽谷
是怕热闹的秋色躲进了山里
是一群山怪躲进了谷里
还有无名的小河也躲进这空旷里
似是无声却有声
刚刚好，这天然的石桌、石洞、石椅
还有回荡在空谷中诗人们的笑声、叫声、欢呼声
来一阵华山论剑，来一段三国演义
这天地，山水，文章，刚刚好
"假如参选，我定选赤壁幽谷"
可是，它像隐士，不知已归隐了多少年

回　溯

十年前，庙花山路断人稀
三两户人家缺盐少醋
赶集儿，来关里，也要等响水河冰消雪融
或要穿越云里雾里的豁岘梁
或等三九寒天冶海结冰图
或北翻八角大山营盘梁盘盘绕绕去景古城
一双泥腿子，泥里来泥里去
十里花谷，也不过是两亩小麦，三亩玉米
干部们来八角
被人看低，视为发配
二十年前，冶力关也只是脚户驿站
冶木河南大多还是滩涂
广场这一带还是深一脚浅一脚的杨树林
一座歪歪扭扭的小桥架在河上
三两家舞厅挤满了街上人沟里人山上人过路人
人们停留冶力关，不过是要上莲花山
想不到，想不到，这变迁
你说，真好，第一次来冶力关，好新鲜
这哪里是在青藏高原，这分明是在诗里画里的水乡江南

照无眠

夜深了，青藏之窗关上了，甘南之眼合上了
大观园里的花儿也睡了
夜深了，我无眠，冶木河也无眠

星星，在天上闪闪烁烁
河水在人间，闪闪烁烁
这一切，与秋风无关，与美酒无关，与别离无关
夜深了，天上只剩下一轮明月，地上只剩下一尊睡佛

作者简介：彭世华，笔名沧浪之水，甘肃省临潭县人。甘肃省
作家协会会员，出版诗集《纸上火焰》。

远山的呼唤（组诗）

葛峡峰

夕阳和山峦，目送着远方消失。
草和花朵簇拥，分享芬芳和心事

还有黑夜星辰
和大地上宁静的阿玛周措

白石山下，忙碌的人们头戴花环
像生活授予的皇冠，满怀欢喜

一匹马和另一匹马累了，咀嚼着青草
眼睛里有潮湿的湖水

我和故人途经山谷，饮下清风，明月
和岁月的酒。

写下一首诗，写下大山庄严的沉默
写下冶力关山山水水，孕育胎中的"花儿"

冶力关，桃花源里的福祉

夏日，背负岁月远行
一程山水里阳光足够明亮
一副行囊里有友谊，诗书和酒

就栖息冶力关吧，你看
将军足够逼真也足够威武
也有大胸怀，容人间纷繁和烟火

野花也足够绚烂，容野蜂求爱
"花儿"也足够浪
容"六月六"漫花少年的青春。

冶木河流过河滩，两岸柳树依依
蛙鸣鼓瑟，芦苇摇曳

夏夜的冶力关

尘世里有最明亮的星星萤火
步行街，少女擦亮玻璃，迎接阳光和邂逅

邻家嫂子丰腴的手臂
握着丰年最饱满的谷粒
茶马互市的洮州，马帮消失
在步行街道里复活

我遗失的耕牛，农具
摩挲着父亲温暖的手掌

炊烟升起，柴火歌唱
温暖记忆的美食

在今夜诗人食人间烟火
鲜活的场景见证童年的河流

冶　海

漫山遍野的狼毒花开了。红白相间的
花朵，无数欲望细小的诉说。

风轻轻吹过。冶海蓝色的湖泊，
多少梦想起航。
多少星辰，安眠于此

谁的身体接近彼岸？
疼痛的汁液，蜷曲的呼吸
她被贱卖的王冠。又会被谁——珍藏。

白桦林

去年我来的时候，白雪正覆盖着
你，头颅挺拔与冶木峡谷。

清癯的容颜

照见一缕夕阳

山峦起伏
缄默的河水已不辨模样

只有星辰闪烁
也只有大地的忧郁被风吹拂，一次次擦亮。

黄捻子栈道

我离开根须，剥掉衣裳

窸窸窣窣落下的叶子，不复青春。流水仍在歌唱。

我规整的排列
我与揳进身体的钉子相依为命

我在山峦间蜿蜒，不再呼吸
我用生命陈列着叫风景的树林

将军山

一季的纷繁即将散去
蚕豆的香味
燕麦的绿久久弥漫

山顶的雾岚若隐若现
躺着或站立，经历了太多的寒暑

内心又能泛起什么波澜

河水的唇日夜喧哗
天越来越冷
夜越来越长

蜂蝶一样的"花儿"
被山巅的白雪收藏

赤壁幽谷

大自然的调色板
永远被一支神笔不经意间描绘

天空在狭隘的山谷
瞬间变成一抹蓝色

只是搽上了清凉油
突然裸露的山岩
被裁成一座座屏风

或封神或西游或西厢
历史在这里演绎
万物在这里雕塑

天空盘旋着一只鹰

岩上俯瞰着两棵松

在这里行走
不知哪是梦境
哪是归途

冶力关笔记

人迹罕至，黄捻子栈道覆盖了冰雪
千万年以前，花岗岩石从
火山里奔腾而出
蕨类茂密，一只大鸟衔来种子
一万亩松林遮天蔽日

雪山幻化为河
冶木河水潋漫，河水冰凉
最早狩猎，采蕨的人称为土著
他们头顶装饰雉鸡的羽毛
他们伐木，经河水运输到下游
他们的足迹英勇无畏攀上栈道
他们种植的青稞甜蜜地拔节

一种原始的情欲喊出山歌
佛像植入莲花山，小麦积洞窟
铁锁的木桥架于水上
小镇里人间烟火明灭
山峦和庄稼地里完成第一次生殖
筏子客，马帮，驮手欲仙欲死
忘记了远方的故乡

开始有了第一座石桥贯通南北

一辆卡车轰鸣，扬起灰尘
异乡人看了看天空
油锯巨大的轰鸣声里
天空有杉树弯曲的倒影
一晃野兽遁迹，山峦赭红
大地遍体鳞伤。红眼的人从梦里醒来
冶木河枯槁的身子鱼类消失

河山明媚，胜景再现
去东峡看喜泉，去莲花山采花儿
看一轮明月照耀睡佛清癯的容颜
去黄捻子追寻故人朴素的生活
去冶海照耀自己的灵魂和蒙垢的脸
去麦积和清风打坐听听自己的心跳
去赤壁幽谷回味脚步的蜕变
去白石山看岩羊在云里漫步
去香子沟与松鼠亲密地交谈

年轻的冶力关如梦的画廊，江山更迭
湖光山色，美轮美奂
杨柳依依，荷花初绽
古老的冶力关初心难忘，明月如初
千万里追寻漫漫雄关，石堡换颜
大地上铺就五彩通途
美丽的邂逅相遇，是永恒的爱情

2021我与冶力关紧紧地相拥
梦里羌笛悠悠，花儿婉转
阳光里冰雪像古老的琼浆，滋润万物。
阳光里走过的美丽新娘

慈爱而凝重。

这是绿色和爱繁衍的天堂

又是春风初渡，这里的幸福

必将光华四射

作者简介： 葛峡峰，1972年8月生。中国公安文联会员、诗词
协会理事。甘肃省作家协会会员。甘南公安文联副
主席，作家协会主席。作品散见《诗刊》《文艺
报》等报刊。作品入选《全国公安优秀作品大展》
《甘肃诗人经典》《全国公安文学精选》等，获第四
届甘肃省黄河文学奖。

每一块岩石都是红褐色的请柬（组诗）

薛　贞

在冶力关，时光依旧新鲜如初

新的街道，新的铺面
新的楼群，新的瓦舍
冶木河也是新的
新的瀑布，新的滨河路
新的秋千，新的路灯
甚至哗哗的流水声
也是新的。
梧桐树投下的影子婀娜多姿
像江南女子
给人似曾相识的温暖
只有小镇南面的十里卧佛
还是当初的模样
让人见一次，就惊叹一次
就敬畏一次，就庄重一次
就陷入沉思。
回到洮水边的居住地
我给年轻的阿凤发了一条短信：

在冶力关，时光依旧新鲜如初
歌唱的时候，别忘了糅进
冶木河欢畅的音符。

每一块岩石都是红褐色的请柬

进入峡谷
迎面的山林
五彩斑斓
风并没有出现
树叶静止不动
像是在倾听我唇齿间
那一声轻轻的叹词。
每一座山峰
是大地坚实的手掌
每一块岩石
都是一页红褐色的请柬
上面刻满密密麻麻的言辞
沧桑而又火热
我是一个多么平凡的女子啊
有幸享受了如此高规格的邀请。

一方缩小的天空——冶海

一方缩小的天空——冶海
任凭云卷云舒
任凭快艇如一只只轻盈的鸟儿
从他额头掠过

经幡吹来彩色的风

桑烟和哈达一起翻飞。

岩石沉稳，山林娇媚

一层一层梯田

像蜿蜒行进的梦境

一垄一垄花儿

像女人的头巾，五颜六色

那是人间气息

每一丝都充盈着欢喜与感恩。

有人亮开嗓子

吼几声"花儿哟，两连叶儿"

每一句，都进射出火辣辣的

激情。

在花庐，我的梦境得以重现

小桥流水，白墙黛瓦

二层或三层小楼

在群山环抱中

遗世独立。

恍若来到了江南

内心柔软的部分

再次被激活。

沿着木质的楼梯来到二层楼上

听自己的脚步声

像儿时一样清晰急迫。

远处是一层层油画般的田野

近处是鲜红的国旗

是花团锦簇的大花园。

屋内摆放着原木打造的大床
雪白的被褥纤尘不染
修长的竹子做成屏风
多想躺下来，卸一身疲惫
听楼下的小河
弹拨这世上最美的乐曲
多想留下来，在精巧别致的书屋
读几本书，写几首诗。
在花庐，我渐行渐远的梦境
得以逼真重现。

作者简介： 薛贞，女，藏族，甘肃省临潭县人。甘肃省作家协
会会员，四川省散文诗学会会员。诗歌散见于《诗
刊》《诗选刊》《星星·诗歌原创》《绿风》《中国诗
人》等刊物，并入选多种选集。

把双手插进一页山崖的口袋（组诗）

马幸福

十里睡佛

睡在十里山脊上
一条路，时而在山谷，时而在山腰

一朵祥云落入莲花，佛抬起睡意
河流、寺庙、鹰隼从一垛关口飞速通过

目光盯着风调雨顺，临潭
敞开软柔的冶木河，冶力峡张口吐出辽阔

黄昏时，佛还没睡
等冶木河抬高我的脚声

佛有山崖，有葱绿
我有一万里的长途跋涉

江山睡成一座佛
一样的云朵，一样的天空

水是人间，是佛的香火
弹响一座山时，雪的语言那样苍白

阳光走得那么低
让我看到佛的眼里泛着泪痕

不眠之夜，佛睡不着
我闭起眼里的另一条长河

佛直视天空，长睡不起
哪有什么莲花，山不敢垂下高举的炊烟

冶木河

站在冶木河畔
对面群山，身后睡佛，白桦林
滔滔之声，沐成黄昏寂静的底色
我纵有不远万里的跋涉
有河西的苍茫、辽阔、亘古
也不及冶木河的凝眉、聚拢、纯净

冶木河的临潭
喊着阿信、扎西才让的名字
一篇散文已在河畔睡着了
临潭醒着，佛醒着
河水静入峡谷时，怀抱的月色醒着
一群牦牛反刍的青草醒着
一首诗，掏出灵魂深处最原始的部分

哪怕是卑微、顽劣、残缺和痛楚
在一条河里，虚怀若谷

冶木河的灵动
刚刚和奔跑的山形吻合
草木的边旁，我看到叩拜的长头
这时，一条河的发源
会撕下雪山的水润，一路疗伤
临潭，从冶木峡的形旁一晃而过
像母亲当年，沿冶木河出嫁到遥远

冶力关夜雨

这时
冶力关特别寂静
睡佛伸展开十里躯体
以至，夜雨撞到山的声响
都没惊醒它

沿冶木河走着
落雨小到，听不见
一条鱼游动时的呼吸
临潭是属水的，这场夜雨
我想，一定有人不知道的秘密

一个人的幽谷

翻开山崖

赤壁幽谷没有回音
好多年都没听到过的寂静
让我一步步陷入灵空

蓝天隐在云雾后，酝酿丹霞
那是临潭的底色，神灵的颜色
草原，一匹高空奔马的烈焰
让孤独的行走更加单薄

暮秋，诗人隐入幽谷深处
一道圣旨，在一路花朵叠成的帧幅中保持着权威
草木染尽沧桑，一页红崖上落单的山鹰
回应着更深远处的噪音

崖壁上，深深浅浅里蹲着的佛
眼光呈深红色，其实
是人间的眼睛里掺和了太多色彩
把缕缕无色的佛光赋予欲望的颜色
空穴来风告诉我，必须凿空自己

我掀开两面的群山
羊群的骨头透着血色，经幡
更像桑多，那个牧羊人
不想从山上的神龛里走下来
那儿更接近天，更适合安葬一条河流

临潭或坐或站，江淮遗风愈演愈烈
层云压低天空，整理着十月的颜色
满山的花谱、果族、岩石纪元
被挤在山崖的褶皱中喘气

我不是桑多人，是一片散落到幽谷里的红叶
行走中，早已把双手插进一页山崖的口袋

一群羊的山坡

猕猴在山崖上行走
高原和草原在云端受戒
不是桑多的肉眼凡胎
看不懂一群羊的山坡

一水洮河
弹响炊烟的浪花
褶皱里慢慢生长出咩咩
推动石磨的轮回
羊群是云，是流动的水

车绕着经卷
一会儿深邃，一会儿云卷云舒
地隧的幽光与山坡的灵肉紧密吻合
身体爬满藤条，长出的犄角
搬运磨盘上的天空

冶木巷

盘山而上的早晨
山花被一场轻雾击中

农舍、山林、小河

茶壶、藤椅、一扇古今
这些小桥流水人家的巷道
被一双双眼睛所概括

那些不同的街角
被秋风吹进一道空气的缝隙
诗人们鱼贯而入，从楼缝冷峻的距离中穿过
直到自己被一扇门压成一页白纸

我要赶在落日之前，整理好自己
直到灯影暗下来

老磨坊的味道

流水是山上的女人
风吹开花裙子，山亮了
坡上的羊群亮了，山下的玛尼盘亮了

炊烟从山坡上缓缓流下
缠住水轮盘，盘上的一座寺庙
一次次抬高羊群的攀升

层层磨纹，让一座山
日夜旋转，走不完短短的路程
一朵云的味堆积在磨盘上

转轴是一座山不老的神根
炊烟在层层石头里翻云覆雨

一场暖暖的雪，下在山下男人的心尖尖上

山上和山下，一样被一群羊喂养

山上，能看见更辽阔的群山
能看见天空是否完好，云朵和神都在身边
我知道，摸一摸山坡高处的羊群
就能摸到父亲的颧骨，母亲的乳房
还有高于高原的炊烟，一路斟满青稞酒
裸露的岩石，被月光啃老了
草像发情的春天，长高格桑花的情调
我在山上，叩出的长头刚刚能够着神庙
因此，需要在脸额接触地面之时
草本的肌肤有温暖的颜色，流水弹出天籁之音
需要一场更大的雪，冻僵我的焦虑
这时，鹰隼在头顶盘旋，神灵
一步步逼近，带走不安的灵肉
羊群知道，我慢慢低垂下的牧鞭
会给高原带来响亮的欢乐
一头牦牛，站在落日里
鼻子里喷出一片草原，这是家
是神的家，是牛羊的家，也是我的家

山上，山风不会乱
草向着有阳光的地方生长
寺庙，在等待虔诚磕出长头
冶木河放牧着长满青草的暮秋
而山下，新建的冶木巷
一排排镏金瓦门的二层新居，和着花期的韵律

点亮一条小河的早晨，母亲
在羊群里挤出草原的奶汁
炮朵向天空抛出的石子，校正着头羊的方向
反复地捡，反复地扔，困了抽一杆旱烟
有时候，会扔出很远，扔到草原的尽头
也不为击中头羊，只是为了听到一些亲切的响声
山下的风乱了，花也晃荡，水也滔滔
磨坊的石磨转动乾坤，只酝酿一场云雪
山老了，山上的村子老了，没剩下几个人
羊顺坡而上，撕开一片草原、炊烟
吃草，吃土，喝水，也吃石头
这山下的人间，哪里有随遇而安的羊群
哪里就有随遇而安的人和身边的神

再别卧佛

此刻，天空清冷
野林关似睡非睡
冶木河的低吟笃近举远
草原的尺笺上写满秋天叩出的长头
十里卧佛似醒非醒
诗友轻轻挥别

这些天，在卧佛脚下
我一直寻找抵达佛眉的捷径
暮秋一再揣摩一座山谷的心意
把自己的卑微藏得更深
一些细节被冶木河轻轻带走
八千里洮州按下翻滚的云头

佛眸向上，等一颗星子沉落
点亮青藏旧时光

作者简介： 马幸福，笔名也马。甘肃省金塔县人。金塔县作家协会副主席，甘肃省摄影家协会会员，四川省散文诗协会会员。作品散见于《文学报》《甘肃日报》等报刊。

被铭记或遗忘的冶木河（外三首）

杨延平

深秋远离了虚无和繁华
冶木河泥沙俱下，流量充沛
从洮河而来的鱼群争论
黄河和垂穗披碱草的话题
——水的心事苍凉，沉重

夜静下来了，冶木河
把夏日藏得严严实实
找不到一丝暖意，古旧的
白杨木舟搁浅在记忆深处
牧歌还未诞生，天很蓝

雨停了，风往北吹只是
一种表象的存在，星光彳亍
夜已冷，那些风力量十足
凌厉果决坚守着春的秘密
等待来年春暖花开
被铭记，或遗忘

行走在赤壁幽谷

赤色为底，坚硬为基
亿万斯年嶙峋还在
兽迹迂回，风证据确凿
美丽和寒冷随处安放
灌木如仙女临凡百媚千红
一片叶落总能将人心打动

弱不禁风的草，善于动真碰硬
打入岩石内部又钻了出来
带刺的沙棘托出橙色的果实
如我年过不惑的境遇酸里带甜
叶子明亮，直抵晚秋的内心
直抵内心的还有白石山巅
第一片雪花钻心的锋利

奔跑的风和静止的风争夺
山谷领地，冷是客观的
圣旨崖坚持在风雪中
伏蟒崖镇压住忐忑和心魔

生来孤独的我，听一块方正的
石头，讲述纸上词语的外延
和三岔沟巨大的空寂

深邃的冶海

氤氲罩着山水安静
瘦了一圈的圣湖身体虚脱
与上苍对话，风好大
寒冷一寸一寸渗入骨髓

昨夜的秋雨还未停歇
远道而来的游客，拍照摄像
火红的披肩迎风招展，映衬
枯荣寂寂的草地加速枯黄

贫穷者不想贫穷继续
富贵者只想富贵长久
他们把宝瓶投进圣湖最深处
求神灵庇佑给心理以安慰

我深爱的阿玛周措
从不喧闹，哪怕十万火急
也掀不起一丝波澜
甚至，连一片白云也
懒得布施

秋天匆忙的八角沟

车窗外，十月爬坡
霜一刀接一刀赶在太阳前

屠戮了草木和夏日
许多叶子一夜老去

向上的公路还在向上
秋天沉静真实，那朵
藏金莲端坐云上，庙花山村
温暖宁静，适合居家、写诗和想象

走了太阳，来了月亮
八角河谷无数孤独的灵魂
与我擦肩而过，无数的
花朵在时光深处一一飞过

雄性的白石山话语不多
不甘心的风很紧，傍晚飘雪
苍天高高在上，我来不及
向秋天挥手作别

作者简介：杨延平，笔名晴天，藏族，1979 年生，甘肃卓尼人。作品散见于《散文诗》《散文诗世界》《星星·散文诗》等刊物，入选《甘南 60 年诗歌精选》《中国当代百家散文诗精选》等选集。部分作品偶尔获奖，参加了第 20 届全国散文诗笔会。

临潭的蓝（组诗）

刘海潮

临潭的蓝

一到临潭，视线就会变蓝

与视线一起蓝的
还有烽火，云朵，山峦
还有花儿划过的怅惘
在洮水以西，雁鸣不断

秦朝的砖，汉朝的砖
一直铺到临潭，铺到冶力关
一直铺到你的脚掌，指尖

三千年了。落地生根
发了芽的砖，枝叶硬朗
铁骑出没，关外四处狼烟

犁铧翻过，沃野一片
剑从生锈的石灰缝拔出

寒光一闪，往事时续时断

回眸，嫣然。蓝的背后
打马就是万里关山

你在临潭

马鞭再长，长不过沐英的
弓箭。从应天府，经汴州，过秦州
向西，直至临洮
牵挂一针一线，缝补住猎猎西风

再往前就是洮州卫城了
洮绣婉约，发髻高绾。妹妹把江南
埋进黄土，长出来八百里加急
转眼间腌制成盐

红旗斜倚着瓮城，角墩，马面
影子沿着八月的烽火
一寸一寸染红大片大片的空白，染红
城隍庙的蓝天

马蹄，古道；楼台，大殿
淡然一笑，远不过洮水深处的
那抹蔚蓝

洮州花儿

从汴州，回到洮州。一抬腿
花儿拉扯着童年，连三赶四
塬上，洮水装满方言
碎娃子破喉咙大嗓子一喊
宫商角徵，扑簌簌一嘟噜一串

上山，下山，沟沟坎坎
音符四蹄撒欢，野性如我
喊一声冤家你咋不见个影
灶火门的棍棍戳破了天

作者简介： 刘海潮，笔名海狼，生于1969年6月6日，江苏海安县雅周镇人。出版有《南方情人》《脐血》等八部诗集，《黑色伤兵》《大狱春梦》两部长篇小说，曾获多种重要文学奖，是江苏省电视艺术家协会、江苏省摄影家协会、江苏省作家协会会员。

黄涧子，一条小径（组诗）

唐亚琼

野菊花

石缝中，一朵瘦弱的野菊花
让我一低再低，无限怜爱和感叹

像碰到辍学的妹妹
言语太轻不足安慰，目光太深不能温暖

这漫游，带来些许伤害
顷刻，我失去了作为一个人的骄傲与勇气

芦苇

无数双伸向天空的手臂
我羞于一一与它们握别
顺着风
它们又深深弯下腰
相互致意、行礼

山野寂静，我心惶恐
有歌低吟：今生啊来世啊！随风摇摆

冶　海

他们之中必有识我者
其中一人冷峻的脸庞
如水面掠过的风
倏忽淡出视线，令人惊觉

他于船头，凌乱的头发，飞扬的衣袂
不同于另一个
在灰色天际与茫茫水域间
使我幻想了海神

冰冷的水拍打裸露的岩石
我未能辨别
泥泽尽头的广阔草原
让骑马的人奔向峡谷深处

寂静的岸边，水鸟匿迹。
没有什么再能引起我的注意
短暂的邂逅与旅途
即是我经历过的冶海

9月4日，冶力关，雨夜

淅沥的雨声带来湿热的夜晚
一匹小鹿纷乱的蹄迹由浅至深

你还不知道，我已不由来到
内心轻微的震颤，不能收回

美好只是一时，真正的秋天还在之后
之后更多更稠密的雨中

当我们从雨中回来，从雨中离开
就再也不需要记住这一日这一夜的短暂

黄涧子，一条小径

我知道，你不敢跟我走下去
哪怕只是一条林中小路

泥泞、潮湿的小路
我已不止一次走过

腐烂的草叶、倒在路中央的枯树
进退不能的选择

是的，不能再回去了
这条路，到哪里都一样

我们两个，无法走这条路的人
也不能像红桦下的蘑菇

紧紧挨在一起
给人们惊喜

从过去到现在，我一直都在走路
今天，最大的可能还是一个人把这条路走完

作者简介： 唐亚琼，女，藏族，甘肃省临潭县人，鲁迅文学院
第25期少数民族文学创作培训班学员，第十八届
全国散文诗笔会代表。出版诗集《唐亚琼诗选》。

临潭时光（组诗）

黑小白

山顶的歌者

沿着山路，向云朵深处走去
褐红的悬崖是无人知晓的秘语

风从何处而来
溪流又往何处而去

曾经在山顶高歌的人
有着，鸟雀一样的翅膀
和天空一样的胸怀

歌声已消失在深秋的草木中
那条还未结冰的小溪，能够带走的
只有赤壁幽谷的寂静

在冶木河边

灯火中的冶力关大桥
如江南的一朵水莲
古老的冶木河闪耀着五彩的光芒
群山隐去风骨

想起魂牵梦绕的江淮
此刻，谈一个人的独行是奢侈的
没有一种苍凉
能胜过六百年前，我们离开故乡的忧伤

白石巷

看到这个名字的时候
清凉的细雨已打湿了我的衣衫
不期的遇见，仿佛花瓣的轻
落在坚硬的青砖上
打开另一个柔软的自己

缓缓走过白墙黛瓦的人家
就像在雨天寻到一本喜欢的诗集
慢慢地读
慢慢地将说了很久的怀念
读成一杯热茶的温暖

雪后，遇见远处的秋天

前天的大雪
压垮了院里的波斯菊
父亲收拾了满满一车的残枝败叶
当他拉着它们走出院门，穿过巷子
仿佛最后的秋天也被带走了

我已经准备好了心情，迎接冬天
却在路过香子沟时
看见湍急的河流，溅起洁白的浪花
而在它身后的树林里，巨石上长满青苔
碧绿的颜色，映着积雪的白和枯叶的黑

原来，更好的秋天并未离去
只是我走得还不够远

辽阔的事物

深秋的临潭，庄稼都已收割完毕
雪安心地落下来
曾经开满格桑花的草原
和金色的麦田，比当初还要辽阔

但这雪，总会化掉一些
裸露出枯黄的青草和秸秆
唤醒我们在秋天，一边收获一边悲伤的记忆

而另一场雪，还未来得及落下来

在阳光温暖的地方，我看到
花草遗落的种子，长出了嫩绿的新叶
这小小的叶子，它所呈现的生机
和我怀念的麦田，草原，一样地辽阔无边

月色写下人间的相聚

高原上的小城，已经很冷了
金黄的庄稼，要回到曾经的屋檐下
它们在土地上度过了自己朴素的一生

月亮又要圆了
是谁的窗沿上落满了忧伤
是谁把明月当作故乡的灯火仰望
又是谁，一路风尘仆仆

鸽子正在啄食麦场上遗落的谷粒
更多的麻雀，在山林和田野间来回起落
月色在大地上写下人间的相聚
万物伸开手臂，拥抱归来的亲人

作者简介：黑小白，本名王振华，甘肃省临潭县人，中国少数
民族作家学会会员，甘肃省作家协会会员。作品散
见于《星星》《阳光》《飞天》《星火》《散文诗》
《散文诗世界》等刊物。出版诗集《黑白之间》。

冶力关：水做的江淮（组诗）

乌兰哈达

初 雪

冶力关，初雪没过了山坡牛粪饼
当太阳升起，深浅不一的蹄印水意充盈
条条小溪自我完善，明眸溢出善睐
冶木河的轰鸣，是否胜于夏日的云响？

经天空，穿云层，也许来自天堂
抵达花庐和庙花山的屋檐，无声递给絮语
时间也遥远，哪朝哪代层层叠叠的乡愁
辗转化为言说不尽的人间：水做的江淮

一只山鸡甚至没来及践行：雪泥鸿爪
一尊雪人在虚拟的童话里左顾右盼
但赤壁幽谷更红了，更深了
一场洗礼，秋天在一枚枫叶上层峦叠嶂

与星星一起闪烁的是尚未落下的雪
月光笃定，洒下眷顾的银辉

河谷氤氲，牛羊反刍。似乎一切都已停当
睡佛山的睡佛鼾声渐起，大雾悄然

八角花谷

八角是一个行政区，邻近村镇拱卫之地
花谷自然是遍开鲜花的山谷

我来之前，花开了多少
洮州人记得
之后，还会开多少
冶力关人知道
蜜蜂和蝴蝶如候鸟去了南方
雪花酿蜜尚待时日

无非是花开了，山谷浅了
无非是花落了，山谷深了
一条默默的山谷，似乎是花朵的弦外之音
正在开放的，我一而再地嗅到秋天的味道
而春天，而夏天，而飘逸的雪花
仍时不我待
任世间的过客，若有所思——

面对花朵，人不再年少的怅然
置身花谷，斑斓的时间起伏于大地之上

矢车菊

昨夜你们听到的
是星星的露水，还是月光的薄雾？
天色微晞，矢车菊不语

前几日你们遇见的初雪去哪了？
柳丝微微摇头，冶木河水清泠
东峰初现，矢车菊不语

一群远方的诗人，踏雪而来
释读出他们风中取信的初心
冶木河畔的早晨，缕缕清芬渐次明亮

冶力关十里卧佛高高在上
需驻足，需仰望，需置身事外
一俟云雾开散，卧佛也许起身，或霞光万道

而与一盏盏金黄的矢车菊耳语
需俯下身来

赤壁幽谷的枫叶

幽谷是朝堂的台阶
赤壁是一帧宣而未读的圣旨

秋风吹过，峰峦是耐读的段落

初雪落后，白纸托举着色彩的文字

拾级而上，古道走着今人
或踏雪而行，似攀缘于穹庐似的云端

红的，黄的，紫的，青的……
一枚枚枫叶如此，一岭岭树木不仅如此

有人捕捉灵感，有人谋篇布局
风中的枫叶百家争鸣

退朝路上，频频回首的人放慢了人间
行色匆匆的人窃喜：私藏了一枚印章

地域性写作研讨记

如是宿命：冶力关是甘南的
如是情怀和境界：甘南也是世界的

所谓困惑，就是我对不满意的我屡屡下手
所谓突围，就是打磨自己的骨针一再缝合撕裂的自己

一滴水盛着大海
一弯月洒下清辉

青牛背上，庄子驮着《逍遥游》
大洋此岸，苏浅眺望《尼亚加拉瀑布》
在莫高窟，阿信洞悉飞天的寂寞来自普遍的寂寞
翻越铁岭，微雨含烟带来甘南诗篇

……古与今，远与近，广与袤
一颗敬畏之心，自我生长的半径：无限可能
大道之行，还有宇宙和人生

悬浮在空中的这颗小小星球，是圆的
无所谓偏僻、闭塞、大与小
任何一地即是世界的中心，未知的中心
如此，这颗小小星球也不过是一颗人心——

在甘南，以冶力关为例

冶　海

冶力关，一处堰塞湖
复姓天池冶海
应了那句老话：天造地设

白云如何擦拭，湖水依旧清中泛绿
山峰如何挺身，森林都要倒映水中
风交给水的不仅是涟漪和波浪，还有与岸的推心置腹
至于桨与橹，船与帆不在湖面，早在江淮人的梦中
我无法去树枝间描摹鸟鸣
弃笔闲神，我等待它们自动飞来

镜子别于筛子，里外的时光都不是过眼云烟
说起明朝那些事儿，以常遇春为例
按下快门，以常爷庙和常爷池为背景
历史是一幅画，照片也是
此后的远行，我要带上冶海，如带上一壶酒

像江淮人带着乡愁，从冶海出发或归来

湖畔芦苇荒芜，葳蕤的另一种说法
路边玛尼堆敦厚，虔诚的另一种表达
突然，我想象的鱼群跃出湖面
并听到鸟群发出群山的回声

作者简介： 乌兰哈达，本名王向闻，蒙古族，甘肃省作家协会
会员。习作散见于《飞天》《星星诗刊》《中国诗
歌》《散文诗世界》《山东文学》等刊物。

河流与流水地貌

王　山

我觉得
河流的前世一定是
变幻的云
是上天谜之馈赠
是情人的泪水
随风飘散多年
没有依托
慢慢落下
坠入深渊

在无法看见的深处
被岩石覆盖
隐忍千万亿年
被囚禁
被挤压
被无视
水不动声色
仿佛失去了记忆
也一直都很坚持

因为只有坚持

甘南　甘南
终于见到光
终于升腾
轮回为云
轮回为雨
轮回为
山顶上
冰冷的积雪

轮回为河流
蜿蜒在遍布金莲花的玛曲草原
或开或合
并非刻意
习惯了顺势而为
弯曲其实是因为
缺乏力量

马群踏踏
密密麻麻的马蝇
乱舞追随
唯有微弱的坡度
流水
侵蚀两岸
侵蚀所有
包括情感和时间
有一天
感动了沉重的磨盘
随之转动

作者简介：王山，生于北京，在新疆生活、长大、受教育。正高二级，享国务院政府特殊津贴，作家。中国诗歌学会党支部书记，常务副会长兼秘书长。曾任中国作家协会机关报《文艺报》副总编辑，《中国作家》杂志主编。著有《历史和心灵深处的弦外之音》等评论、小说、诗歌。编辑出版中短篇小说集《末路狂花——世纪末中短篇小说精粹》等。

洮河，从一道裂口流过（外一首）

岗路巴·完代克

人间的谷地
神仙盘踞的净土
坐落在云雾深处
群山环绕的青藏之窗
一处被世人遗忘的角落

一支神笔，反反复复
绘出一幅绝美的画卷
秋意的浓浓里
一方安详的世界
透着一份绿色的安静

被划开的世外秘境里
正在取暖的洮河
从一道裂口缓缓流过
一条河，一座山
勾勒生命的无上尊严

2021 年 10 月 12 日

冶海，还在睡梦中

冶海，还在睡梦中
还在迷雾中
一层层迷雾下的湖面
在秋雨里，吐出一片朦胧
惊扰了沉睡的丛林

冶海上空的雾气
在另一种景色里
羞怯的湖水
还有，轻柔的云雾
也露出几分不舍的表情

晚秋的冶海
一位心怀怜悯的女子
在彩色的山谷里
沉眠了千年万年
却没有吐出一句怨言

作者简介: 岗路巴·完代克，藏族，1997 年生于甘肃甘南。中国诗歌学会会员，甘肃省作家协会会员。作品散见于《民族文学》《西藏文学》《达赛尔》《贡嘎山》《白唇鹿》《青海湖》等期刊和选本。现就读于西北民族大学中国语言文学学部。

在临潭冶力关阅读时间简史

吕　历

唯有时间堪称浩瀚
那么多鬼斧神工，星罗棋布的
赤壁，奇峰，幽谷，关隘
皆是时光的杰作
至于叠山环水，雕龙画凤
时间是最好的工匠
分分秒秒，深藏绣花功夫
在甘南，在临潭，每一座村庄
都是花儿的部落，宜居的天堂
从藏家古寨到花庐精舍
从刀耕火种到耕读传家
前写沧海，后书桑田
每件馆藏的物件，都是生活的法器
裹满了岁月的包浆
浸透了先人的魂魄

在临潭冶力关阅读时间简史
那些层层叠叠线装的
蓝天、白云、雪山、流水

都是时间的正面和背面

中间隔着芬芳的昼夜，透明的幕墙

在青藏高原东部

大地的第三级阶梯上

如果你停下脚步，细细品味

尚有神圣的卧佛，引领你仰望星空

倾听流年，尚有古老的磨坊

经筒一样，日夜摇转着冶海的

前世今生，以及

斑斓的花谷和璀璨的画廊

作者简介： 吕历，1964 年出生于四川省蓬溪县。出版诗集《不眠的钟点》《飞翔与独白》等，诗集《隐约的花朵》获四川文学奖。

冶力关行吟（组诗）

王晓荣

花　庐

各色花铺满了荒坡和水草滩
别墅的门张开
人们像认错巢的蜂
出出进进
然后飞向远方

羡慕赞叹
心中的家园建立起来了
骒马移步到高处的土塄上
满目诧异
倏尔游走的人群和车辆

家把自己分成了几块
半山腰废弃闲置的土坯房
固执于门前屋后的庄稼和槽
房顶水槽干涸了
老人暗淡的眼睛

你来我往
带走了各自的欢声笑语
和各色花与花庐的倩影
留下了老人与槽头的
怅惘与寂寥

冶　海

高山顶上的神湖
裸露出黄沙的颈项
那是苍龙的青筋和动脉
在深秋的高原云雾里蒸腾
大地倏然平静了

鲲鹏翅下的乳液
把琼浆洒落人间
冶木河泛起的白浪
一路欢腾着天籁的音乐
您睡了，人们活在神的梦中

雨雾里感恩的桑烟
祈祷您伟大而丰满
匍匐神湖边
满眼天空的蓝
激动山石铺就的归途

赤壁幽谷

一抹绛红
把雄伟折成爱情
遁入高原
守望一万年

一弯绿植是
三生石畔的绛珠草
千万年等待的泪
遮蔽了浑身的浮华
热烈成一团火焰
兑现诺言

此刻把我幻化成一只蝼蚁
触摸你亿万分之一的隐秘
绿的　黄的　红的
和天空一起变成
柴米油盐酱醋茶
秋风吹暖了我的心房

池　沟

珍珠玛瑙镶嵌
阿玛周措的衣袖
欢腾了池沟
冶木河在晨雾里飘香

小桥流水
高原醒在江淮的梦里
游子归故里
幸福了锅碗瓢盆

油画大师的杰作
涂抹了昨日的泥泞
农家乐屋顶的国旗
染红了池沟两岸的霜叶

回　来

我回来
轮胎铺就的路指向
格桑的家园
语言已苍白于
世事如常的真理中
生活的轨迹
是熟悉的冶木河
把终点和起点重合

我回来
深秋的绚丽摇曳
灵魂风干成白纸
希冀幻化成泪痕
等待满载而归的笑容

我回来

校园铺展成辽阔的草原
一只羊孤傲成干瘪的菊花蒂
花籽的锋芒锥心刺骨
蓄积浑身力量
捧起一抔黄土
眼前浮现出满园盛开的格桑

作者简介：王晓荣，甘肃省临潭县人，作品散见于《甘肃日报》《格桑花》等报刊。

洮州诗笺（组诗）

卢七主曼

红色洮州

洮州　一方古老的水之滨　山之脚
洮州　一条长长的风蚀的边墙
刻满了刀光剑影的流年碎影
是荣光也是史殇

白墙灰瓦的古朴风貌　一代代赓续
黑土地的方言　江淮的乡音
让洮州的话语　有了画眉般圆润婉转
成了我一生离不开的乡音

洮州城里如水的女子
用一生的时间在阿玛周措旁边转经
在浓稠的冶木河洗浣——
公婆的衣裤羽绒服
夫君的汗衫牛仔裤
孩子的书包运动鞋
……

她们承续江淮女子的勤劳
用纤嫩的手
浣洗着大山的衣裙
大地的襟边
掩映在青山绿水间的新居
如多情的女子
映照着远处的山崖
旧容换新颜　靓丽又俊美

洮州　在岁月中刻画风骨
西北边地　像常遇春一样的将领
生前死后　戍边守卫
至今　冶力关湖光山色中
还留有十八位英雄屯兵巡逻的传说

1935年，一支手提明灯的部队途经洮州
成立了苏维埃政府
他们
披荆斩棘　拓实前进之路
乘风破浪　掌舵革命之舟
漫漫一百年　　那一星如豆灯火
照亮了今天整个天宇
照亮了今日如画江山

庙花山

庙花山在八角镇
庙花山
是一个不大的山村

强支部　兴产业
迈入小康　排第一

党群服务中心
农家书屋　音乐餐吧
果蔬店　农家乐
……
是新村里响当当的
地理坐标
乡村如小城

今天这里
大山唱歌
小河跳舞
马鞭草欢笑

戴口罩防疫的李老头
守护在村头
逢人就讲
今年的好收入

池沟村

秋色斑斓
杨柳依依
小桥流水处
便是池沟村

深秋了

很多的花儿已经凋谢了
池沟的民俗　多彩如花
竞相绽放

池沟村外
休憩了的土地
簇拥新长的冬麦
挺立的玉米
在地头欲说还休

大磨坊能磨出雪白的面粉
大酒坊能酿造香醇的美酒

池沟　安放在这样的地方
富足　多元　兴旺

作者简介：卢七主曼，女，藏族，甘肃省卓尼县人。中国少数
民族作家学会会员，甘肃省作家协会会员。发表诗
歌、散文、微小说、评论百余篇（首）。

走进冶力关（组诗）

梦 忆

合冶公路

这一次，我终于踏实地行走
如同天空骑在高原的马背上一样宽阔
行走的车透过阳光倒映在合冶公路上
飞驰的轮子终于把旷野从诗稿中赦免
真实而豪放地向我走来
从康多峡谷到美仁草原
从经幡隧道至冶木河
蜿蜒的合冶公路仿佛是藏着
一个又一个大糖果的褶皱
隔窗，极目远望
牦牛在一声又一声低沉的呼唤里
完成了一次又一次的欢迎与欢送
我途经，它留守
我们在高原最温暖的夕阳下就此作别

走进冶力关

距离你越来越近的时候
便开始用时间丈量与你的长度
车窗外
飞速闪过的是与旧城相似的山脉
穿行在来往的人流里努力地寻找
口耳相传中你的模样
希望找出一幅与此时相符的画面
来安抚我又惊喜又陌生的心脏

冶木河的风从对岸奔跑而来
连同宽容与坦荡一起郑重地交给我
深秋的河岸多多少少有一点悲凉
风一刮，到处都是飞舞的叶子
它们的颜色接近黄昏
夜幕熄灭了所有的聒噪
留下冶木河亘古不变的诉说
皎月下的冶力关一半深沉一半明亮

天池冶海

曾经，我不止一次地想象过你的面容
也不止一次地翻阅过你的资料
他们说你是灵性的，是飞翔的，是桀骜不驯的……
直到那个云雾缭绕的早晨
我们按时赴约，而你

却顶着一袭白纱不愿会面
你搬来了凛冽的风，喊来了毛茸的雨
让近视的我隔着栅栏远远相望
只得拍一张半遮半掩的照片作为纪念
当我再一次回望你时
你竟委托清冽的风与我耳语
只怨尘世的跫音太过喧哗
不愿同流合污，只享
一世清幽……

赤壁幽谷

一座城墙与一扇门赫然立于
天空之下，大地之上
一边是俗世，一边是清幽
留下中间的距离像一个引渡者

城市那些高大的建筑是一张滤网
把高原的秋风过滤了一遍又一遍
失去了原始的味道与透骨
当猛然行走在悠长的峡谷之内时
风是强劲而雄厚有力的
这一点不难从身边飘落的叶子上发现
几乎每一片叶子都伤痕累累
然而，每一片落叶的脸上看不出一丝忧伤
它们像凯旋的战士一样光荣
它们和这些裸露的赤色的山崖一样不受任何束缚
它们是高原最真实的最干净的野蛮子

这是一条如此悠长的峡谷
这是允许缓慢行走的道路
如果你来，请一定做好准备
因为圣旨崖会在峡谷中间向你宣旨
毕竟
这是一条通往安宁的不归之路啊

作者简介：梦忆，本名马玉梅，女，90后，甘肃省临潭县
人，作品散见于《甘南日报》《格桑花》等，入选
《洮州温度——临潭文学70年作品选》。

赤壁幽谷（组诗）

赵　英

圣旨崖

一道圣旨从天而降
山匍匐，水也匍匐
我们都是这方水土的子民
接旨的人
已在谷外安家落户

神仙渡

渡神，也渡人
我不知道渡神，需要经历多少的苦难
但我知道，渡人
前脚渡的是，入口
带着血肉之躯
后脚渡的是，出口
拖着疲惫的灵魂

作者简介： 赵英，女，舟曲县文体广电和旅游局干部，甘南州
作家协会会员、舟曲县作家协会理事。作品散见于
《山东文学》《甘南日报》《格桑花》等刊物。

遇见你——冶力关（组诗）

斌　烛

黄捻子

给我马良的神笔
涂出你的神态
采集绿色
装扮高原蓝

穿越时空的爱恋
把涓涓细流
缠绵在玛尼石上
诉说亘古不变的承诺

山雾缭绕
条条小径网幽林
轻盈幔纱裹碧涛
驻足贪婪吸氧吧

花草清香弥漫
古柏松挺迎客笑

鸟鸣鹿蹦人欢腾
信步情缘黄捻子

大岭山

青松挺立入云
山路十八弯
首尾不相见
小村静默祥和

遥望行止
蓝和绿在争宠
白云陶醉在晚霞的怀抱
窜林的小可爱在远处

四季交替
与秦岭连裙
那回眸深情的一瞥
锁定了一生的宿命

谷底炊烟袅袅
暮归的画册
少不了鸡鸣犬吠
大岭山下小村祥和宁静

亲昵沟

亚当夏娃

裸露给人性的羞涩
无限遐想
荷尔蒙漫过沟壑

远观静思
倾入柏拉图
轴距咫尺
朦胧中脸颊绯红

野性的花儿与少年
传递激渐般的青春
远处的口哨
低吟浅唱情歌

把纯真与粗鲁
汇入田园牧歌
把白天的情景
带入甜蜜的梦境

冶木峡

时光不老
昼夜奔流不息
激滟碧溅的水花
净化了那块磐石

两岸青山相对影
那池蛙鸣
那对野鸭子

依然是冶木峡的景

一季一景
显摆新的惊奇
滑翔漂流逐浪
荡回在峡谷深处

星月夜幕下
沉醉不知归路
冶木峡灵动了小镇

十里睡佛

来自天籁之声
守护承诺的传说
一方净土
梵音频频远传

安详沉睡千年
十里长坡在
晨曦光环下
让遐想回归自然

那缕丝丝香烟
燃不尽青色的话题
月色撩人
十里睡佛轮廓
填补了这块纯净的苍穹

走进冶力关
瞻仰三生三世十里睡佛
遇见冶力关
尘世间万物皆因佛缘

赤壁幽谷

晨曦中寻觅丹霞地貌
让夕阳披上婚纱
赤裸在羞涩的晚霞中
岩层经历过的垭口
早已被染红

风沙呢喃过的屏风
凌空降旨大赦天下
神龟拜天千年修行
巨蟒惊魂辟邪恶

幽居在空谷的牧人
不愿走出
茅草屋外延伸的小路
神猴在高处迎送过往的客

赤壁幽谷
是王国的牧场
是猴王的乐园
是秘境仙踪的神秘地

天池冶海

拾级而上
捧一口圣湖的水捡一块玛尼石
聆听阿玛周措的故事

千年
不
是万年前
地壳运动形成的堰塞湖
高峡出平湖

诗词歌赋潜入湖底
洗净尘世的灰尘
沉入湖底的八宝
撒向凌空的路马
高处经幡猎猎
桑烟云雾缭绕
路马随风而去

莲花山

神秘
来自天府的秘境
奇峰险道
奇葩的六瓣莲花

华山之险
黄山之秀
跌落在洮州的版图
登金顶一览众山小

游仙境奇缘
看云卷云舒
脚下云雨田园
头顶红日披霞

遇见你
冶力关莲花山
撒花三仙女
人间天堂秘境

作者简介：斌烛，本名王永平，藏族，70后，甘肃省临潭县人，现就职于某乡（镇）政府，爱好读书、写作，喜欢摄影，捕捉生活中的喜乐见闻。作品偶见于报刊、网络。

临潭神韵

王莉芳

自古　潭里多奇闻异事
或虎踞龙盘
或仙女沐浴嬉戏翩跹起舞
抑或仙人坐禅悟道……

在甘南与藏王故里插花接壤的临潭
千年文化汇聚
定格在这里的古人类文化遗址
播撒皇天后土的无上智慧
洮州卫城、苏维埃政府旧址
传播战争与和平的故事
青砖黛瓦白墙的徽派民居
长袍短褂绣花鞋帽装扮的"尕娘娘"
把绝版的江淮遗风和乡愁在这里浓烈地演绎……

今天，往昔唐蕃古道上的茶马互市临潭
在"中国拔河之乡""中国文学之乡""甘南之眼"的美
　　誉下
洮州花儿更加高亢多情

洮州八景　洮州庙会十八龙神

十里睡佛　赤壁幽谷

冶海圣湖　莲花神山

犹如相濡以沫的一母同胞

温情携扶中诉说着流年里的家国情怀

更用山的伟岸和水的灵秀

高原的阳刚和江南的优雅

滋养了这里此起彼伏的文脉

从李城、牧风、扎西才让、王小忠、花盛一代又一代本
　　土文人大家笔下

从《洮州温度》等系列著作中

把诗和远方镌刻在了这片深情的土地上

作者简介： 王莉芳，女，汉族，笔名乘愿归来，热爱读书和写
作。在《甘肃日报》《格桑花》《甘南日报》等报纸
杂志有零星散文、诗歌发表。现供职于碌曲县委党
校，兼任碌曲县作家协会主席。

洮洲女人（外三首）

卢嫦娥

爹娘热乎乎的腋下，
搂不住十六岁的你，
风风雨雨中，
你撑起了一个陌生的家！

兄妹憨墩墩的哭泣，
留不住十六岁的你
在下雪的那一天，
吹吹打打的花轿，
把你抬到那个男人的家！

无数次的打骂怨恨中，
你延续了小镇的香火，
伺候完日子又打发着岁月，
像山里的花青稞，日夜转动，
在男人厚实的磨眼里。

牧　人

你以雄鹰般的姿态，
驾驶着草原辽阔的生命。
风风雨雨中，你把骏马般的烈性，
传递给了草原的后代们。

猎犬可爱的忠实，恰是你不变的性格，
像启明星般真诚，将光亮留给所有的黄昏。
每当你拄着拐棍走出帐篷时，
你的青春已在驰骋四野的马蹄下，
散发着永久的光彩。

乡村女人

像山沟沟里的老水磨，
日夜转动在男人宽厚的磨眼里，
又像渡口上停泊着的小板船，
时时摇曳在男人硬朗的河岸上。
山鹰和猎犬熟睡的时候，
你正在和灶台诉说着心里的话，
老公鸡唤醒黎明的时候，
你已消失在背水的小路上。

独坐西峰山

山鹰和麻雀不停地吆喝着
各自的快乐。
毫无目的的我渺茫地目送着
眼前的一切：荒凉，寂寞。

没有人在风中游荡，
只有我在梦中消瘦。
庄户人踏成的小路
潮湿而泥泞，
望望东头的太阳，
总也找不到那些遗落的歌谣。

作者简介： 卢嫦娥，女，临潭县城关第六小学退休教师，常年
笔耕不辍，作品散见于《格桑花》《甘南日报》
等，曾刊印诗文集存世。

洮州走笔（组章）

牧　风

牛头城探寻

清晨冒雪上村后的高坡，俯身望去，大野里一片肃杀，萧瑟的风时时袭来。

一切生命的迹象都被迷茫的白雾覆盖，让我无法辨清牛头城的神秘面容，那片废墟在狂雪飞舞中越发显得沉寂而苍茫，甚至有点奇寒。

吐谷浑垒土为城，饮血踏歌，身居高地，屯兵大野。

每次梦里都出现牛头城凝重的身影，以及与城密不可分的故事。

吐谷浑意外地从北方腹地撞入洮州大地，这些匆匆的身影在广袤的洮州艰难地扎根。我想那些暗魂可能还厮守着这片故土吧，不然，为何山坡上那毛桃树还迎雪挺立，依然保留着一种倔强的姿态。

吐谷浑深埋内里的精神渗透在每个遗留的残垣断壁中，浸润在每片破瓦和残砖中。细细地咀嚼一番牛头城优美的传说，闻一闻古城废墟上弥漫着的历史气息的烟云，也是一种惬意的寻踪。

虽然，时光已倏忽飞逝千年，但我与牛头城的对话打破了时间隧道的束缚，短暂攀谈，哪怕仅仅是瞬间的交流，我想通过翻检历史的残章断句来深层感受一下这个谜一样的城带给我的启示。

当我在迷惘中远离故乡，雪已在黄昏里暗淡下来，留在牛头城遗址上的只有我深浅不一的脚印和被寒风吹皱的裸露背影，耳畔又传来我咏叹牛头城的诗句："苍凉之歌，嘹亮历史的记忆之门。谁是立定城堞的将士和马群，败北的军队，带伤的马匹，消失的箭镞，以及沉落的荣光？"

其实牛头城已失去西晋时期吐谷浑雄居时的神采，遗留下来的也只是片片废墟和废墟上随意散落的瓦砾，以及破败城垣上时暗时明的洞眼，还有那一幕幕与城有关的古老传说。

远古的洮州

一片雪花，飞翔五千多年。

把轻盈的身躯落入洮州古老的胸口，带来上古瓦当和铜器的撞击声。

一幕幕战事在洮州的额头上刻下狼烟和旌旗猎猎。

谁的声音还传递着血与火的故事？

谁的行囊还挟裹着唵嘛啰的旷世传奇？

谁的脚步还保留着马家窑和寺哇千年迁徙的印痕？

我不想打开上古的历史册页去搜寻人类落入洮州的时光之羽。

更不想费心去翻检沉入苍烟里的那一丝文明的气息。

眼前赫然伫立的不是一座座墓群，而是五千多年沉淀给后人的惊世骇俗！

还有什么不沉静的呢？

那些横陈千年的尸骸，足以印证当年的智慧和辉煌。

当我在公元2013年的某个夏天，把双脚僵硬地迈入那片濒临洮水的台地时，我与近千座墓葬群相遇，眼前的场景瞬间震撼，我惊喜之余，张开的嘴被一张张形态各异的葬品神秘的氛围所弥漫，呼吸急促的我想这些激烈的战斗，以及惨不忍睹的杀戮场面，空气都快窒息了，往事何堪回首！

当一座座墓穴被考古者的目光剥离开来，呈现给世人的本真，就是这文物的掘尘之花依次绽放，而随缘而来的是深层文明发掘的背后，一页页精彩的历史会透过洮水环绕的古城遗址，把最亮丽的故事演绎给那些期盼的眼神和饥渴的心灵。

冶海速记

一幅旷世的绝版古画，在那饱含诗意的峡谷袒露无遗。

一面落满柔情的镜子，倒映着行走前世的冷漠与孤寂。

一张被时光青睐的雾衫，覆盖着甘南腹地最美的一只眼，在云朵的抚摸中妩媚动人。

一块浸润花儿和民谣的碧玉，那最细腻而温婉的情节，在白石山中如莲盛开。

一曲扣人魂魄的乐章，撼动多少访客的心扉。

倾听冶海边民歌嘹亮，那浓郁的乡愁，在民间烟雨中独上心头。

远处似有铿锵之声逼近，莫不是那明将常遇春策马扬鞭，掀开时光之羽，把明初戍边的故事颂扬。

一段秋水跌宕，吹皱多少英豪的悲壮史诗！

作者简介：牧风，藏族，本名赵凌宏，甘肃甘南人。中国作家协会会员、中国少数民族作家学会会员。作品入选《中国散文诗一百年大系》《中国散文诗百年经典》《中国当代百家散文诗精选》及散文诗权威年选。著有散文诗集《记忆深处的甘南》《六个人的青藏》《青藏旧时光》，诗集《竖起时光的耳朵》。曾获甘肃省第六届黄河文学奖、甘肃省第五届少数民族文学奖、首届玉龙艺术奖，鲁迅文学院第22期中国少数民族作家培训班学员。

在冶力关，我听见了最细小的声音

习　习

1. 岔道口的路牌

在岔道口，和路牌相遇，像和一个沉默的智者相遇。天空下，它高瞻远瞩。用箭头做手势，坚定、明确、不容置疑。箭头又像一棵大树长出的不同方向的枝条，组合出的线条有着线条本身的美丽。我在路牌下久久站立，着迷似的，让想象沿着各个方向延伸，方向里有世间的万千可能。卓尼、临潭、合作、赤壁幽谷、亲昵沟、新城——这些名字有些熟悉、有些陌生、有些看上去是人们生活的地方、有些是大自然的居住地，但不管怎么，它们都像一片土地上紧挨着的邻居。

一辆车左拐，驶向亲昵沟，它一路过来，携带了哪些地名？路的尽头是否还有方向？

2. 扛着风走

在冶力关镇笔直无人的大道上，我用伞扛着风走。风有时很沉、有时很轻，我觉得风在和我玩，它有时压弯我让我下起苦力。阳光下道路白净，路上铺满杨树的影子，影子美得惊人。有那么一刻，我的伞里了然无物，我以为风停了，但我定睛时，发现影子们的细枝末节正你推我搡偷偷嬉戏，我还听到了它们最细小的耳语。

3. 他们在等落叶

冶力关镇大道边的石阶上，隔些距离就坐着一两个环卫工，他们打量着我这个异地人，面目和善。我们彼此有想说话的愿望，但又不知说些什么。当我走回来的时候，看见他们起身干活了，他们把金黄、青黄，有些还很青涩的落叶堆积在一起，再铲进路边的垃圾箱。我才知道，他们坐在路边，是在等落叶。如果风大一点儿，落叶就多一些，他们铲起来就很有成就的样子。但我想，若不是为了我这样的行人，这些叶子落在地上，就落在树根旁边，多么令人慰藉。

4. 重庆特色小吃店

就在冶力关镇广场的一侧，是一对小夫妻开的店。他们做的酸辣粉很好吃。店里的一面墙贴满一张色彩缤纷的重庆烤鱼的画报，上面的烤鱼看起来香味诱人，画报上有一个错别字，我没告诉他们。店里有八张木桌，一个烤炉，又暖和又干净。第二次去时，我叫上了朋友，要了青稞酒，要了麻婆豆腐、蒜蓉油麦菜和回锅肉，其实，除了酸辣粉，我知道他们对川菜没有把握。年轻的妻子出出进进着急地买来豆腐、菜，半截门帘后的灶房一下子变得很热闹。端上来的饭菜不是川味，但我们吃得开心。我们从遥远的四面八方聚到这个小店，应该感激这些热乎乎的饭菜。小店外面那座矗立的大山——巨大的睡佛可能确实已经熟睡，因为夜已很深。小老板送我们一瓶他朋友用桑葚泡的青稞酒，瓶子里一半桑葚一半酒，倒进杯里，浓郁的桑葚色。我忘了是怎么回到住处的。第二天，我看到衣服上有几滴洇开的紫色，花儿一样。我还忆起青稞桑葚酒的味道，清冽直白的青稞酒，因为桑甚，意味变得柔软丰厚。在冶力关镇深秋的那个夜晚，在那家重庆特色小吃店，我们喝到了这辈子独一无二的酒。

5. 我想跟着冶木河一直走下去

那一刻，我内心忽然升腾起从未有过的渴望，我想跟着一条河一直走下去。那一刻，是冶力关镇安静无人的晌午。其实，我是深陷在一个巨大的山谷里。眼前的冶木河在安详的小镇里波光粼粼。我想，一定是某种隐秘的东西一瞬间击中了我，让我有了这个强烈的渴望。

我的目光追随着冶木河，那一刻，它是一条只为我存在的河，那一刻，我对任何人不存在——这是那一刻我和这个世界最单纯的关系。

6. 青冈

山坡上的树，大都是青冈树，一个当地人说。车行驶在冶力关深长的山谷里，山坡上，青冈树的叶子正准备全部变红。

我忆起很多年前的一个冬天，我到一个叫青冈岔小学的农村小学支教，这个通向远方的道路岔口，很适合生长青冈，但因为冬天，西北的树木光秃秃的少有分别，我没看到青冈树的样子。有具体印象的青冈木是父亲年轻时耍的一根棍，父亲是木匠，深谙青冈的性格，青冈坚硬又有韧性，韬光养晦，不会刚烈到宁折不弯。那根青冈木的粗细正适合握到手里，白亮正直，应该正值青冈树的青年时期。

在冶力关，有人下车摘来几片青冈树叶送给我，叶子像手掌，叶面上有些蜡质。这时，我听到车上有人说，青冈就是橡树。我心里一惊，真是一叶障目，对我而言，这个没有打通的命名在我的生命里横亘了这么多年。而"橡树"，让我想到静静的顿河，想到更远的东方和西方。还让我想到热爱橡子的松鼠，如何把橡树的种子最多数量地塞进嘴里，找到最安全的贮藏冬粮的洞穴，但它很快忘了之前藏橡子的地方，橡树的种子就这样到处发芽。

穿越青冈岔，"橡树"让我看到遥远无垠的原野，让我想到它的品质和它给这个世界提供的丰富隐喻。我这样想着，就觉得父亲年轻时手里的那根青冈木，在世界各地都有了兄弟。

作者简介：习习，甘肃兰州人。一级作家，中国作家协会会员。著有散文集《浮现》《表达》《流徙》《讲述：她们》《风情》等多部。作品刊于《人民文学》《十月》《花城》《天涯》《中国作家》《散文》等。获冰心散文奖，甘肃省敦煌文艺奖，甘肃省黄河文学奖等。现任兰州市作家协会主席，《金城》杂志主编。

走进甘南（四章）

宓　月

初到冶力关

大地是被岁月揉皱的一张纸。

冶力关，是这张褶皱的纸上安卧的一个小小的点。

现在，它是我的目的地——隔着一个半小时的空中旅程加四个小时的车程，还有无数的等待和想象。

穿过一个又一个隧道，当金灿灿的阳光扑面而来，当冶力河的粼粼波光跳跃闪烁，我终于抵达了冶力关。

这里没有边关，只有悠远的往事。只有白墙青瓦、马头翘角的江淮民居。

只有为了守住这方安宁再也没有回归故里的将士，他们的魂魄和后裔。

在这里，风有了痛彻心扉的硬度。它会嘶吼，它会鞭打，它会剔除你骨子里的胆怯柔弱，把勇敢和刚毅敲进你的骨髓里。

一座座山峰，被阳光擦拭得金光灿烂，仿佛在向天空宣告：除了光明与黑暗，没有灰色地带。即使它摆出睡佛的姿态，我仍能感觉到它强悍的呼吸……

在这里，阳光有着金属的质地。它映照到哪儿，哪儿就会闪闪发光、叮当作响。

在这片大地上，有太多值得铭记的人和事，也有太多的寂寞在滋生。它必须把一切梳理得条缕清晰，将光芒填入寂寞最深处。

一个个关隘就是一枚枚契合版图的图钉，固守着江山的完整。

关隘的月有多少锋利，只有戍边的将士知道，只有远行的旅人明白。只要望它一眼，它轻易就将思乡的心划得七零八落。

我庆幸，我不是一个疲惫的旅人，而是来这里仰望星空的人，我是来这里寻找一个诗人需要的骨骼和纯粹的呼吸，以及内心该有的疆域和高度。

冶力关早已不再是边关，而是一个美丽的高原小江南。

我相信，这里不是得天独厚的地方，而是那些故土难回的人，抒写在这片大地上的思乡之情，改变了这片大地的模样。

今天，冶力关是我们通往过去和走向未来的一道隘口。

我们抵达这里，又从这里出发。

游赤壁幽谷

写在大地上的神话故事，一个赭红色的奇幻谷。

行走其间，如果想象不够用，可以随手摘几粒红红的小檗果放进口中，让酸酸甜甜的味道，激活身体的每一个细胞。

狮虎巨蟒、天降圣旨、仙魔十八洞……它们以一种不可思议的方式展现在你面前。仰望、惊叹，都不足以表达。我必须臣服在大自然的威力面前，我必须看到自己的渺小，必须敬畏这些化身岩石的神佛鬼怪。

它们凝固着时间，又释放着时间。我知道，只有想象能够洞穿它们身上的秘密。我渴望一直走下去，走下去，我就能够像风一样，穿梭在这个峡谷。

然而，天快速黑下来，夜晚已经降临，山顶的屏风在悄悄转变方向，狮蟒隐遁，进入狩猎模式。

在"游客止步"的路牌前，面对未知的前路，我选择了返回。

我知道，我必须保持内心的敬畏。

在我的四周，站满了巨人，它们在静静地观望、沉思，在我毫无知觉的时刻。

我必须放弃追逐，将遗憾深深地放在这里。

我的心上，却从此多了一个关于赤壁幽谷未完待续的故事。它成为我梦境的一部分，在某个我始料未及的时刻闯进来。

故事期待着结果，却永远不会有结局。

路过美仁大草原

下车时，我冷不丁打了个趔趄。

海拔三千六百米的美仁大草原，一切都被包裹在一层透明的冰晶中。

云脚已压得很低。仿佛一伸手就能抓住云，一跺脚就能亲吻天空。

可我还是不敢造次，只能小心翼翼，将呼吸放缓，脚步放轻。

我知道，冰雪之下，每一棵小草都张着耳朵在聆听。要是谁敢冒犯它们，整个草原就会掀起无声的波澜。

牦牛群撤退到了雪线之下，羊群早已去了有绿草的地方。

秃鹫是这里的法则。

这是草原的静修时刻。

等到来年七八月份，它又会张开怀抱，铺满花毯，迎候四方宾朋。

我已经来晚了，我只能悄悄地路过，不敢打扰它。

遵从它的时间，遵从这亘古的自然法则，它会给予更多的馈赠。

高原上的多肉植物

到临潭八角乡的"八角花谷，十里画廊"时，花期已过。未见着花开的盛景，却意外见到了疯长的多肉植物。

在牙扎村，在庙花山，在那些精品民宿的院子里，多肉植物长得苗壮而旺盛。

我曾经在家中养过很多次多肉，却一次也没有养活成功过，更别说要养出爆盆的效果。据说，多肉喜欢充足的阳光，温暖的气候。我居住的城市，阳光是个稀罕物。养不活多肉也就有了充足的理由。

然而，在这海拔两千六百一十米的地方，在这寒风萧瑟的时节，它们长得如此蓬勃，这些多肉的主人该是一个多么热爱生活、多么深谙多肉习性的人！

玉蝶、莲花掌、女王花笠、达摩福娘、观音莲、黑法师、紫牡丹、玉龙观音……这么多的品种，粉雕玉琢一般，装点着院落。有那么一瞬，我忘了自己正身处寒冬。

它们让我相信，在经验和感知之外，草木们也有着自己的爱和感恩。它们也会被鼓舞，会努力去挑战生命的极限，会努力去创造奇迹。

只要你关注的目光永不停歇。

作者简介： 宓月，中国作家协会会员，四川省散文诗学会常务副会长，《散文诗世界》杂志主编。著有散文诗集《夜雨潇潇》《人在他乡》《明天的背后》、长篇小说《一江春水》、诗集《早春二月》、人物评传《大学之魂》等。作品多次入选各种年度选本、中学生课外阅读书籍和中考阅读理解试题。

冶力关偏北（组章）

亚　男

卧佛在上

很多事，草木已经熟悉。

当月光落到你身上，云朵也是安详的。

眼神的硬度与岩石融为一体。那些不可风化的情绪不为风所动。

经幡上的辽阔，我为这一刻的自己献上哈达。

悠悠的青稞酒，酿造出冶力关的深情。褪去刀耕火种，放牧牛羊。野性的冶力关啊，千年不变的姿态，不是沉睡。

冶木河的水，裹着雪意滚滚而来。沿河的走廊，解冻之后，露出山石的锋芒。整个山脉在你的呼吸里起伏。

十里阳光和雪交织在一起，分娩出劳作的气象。

经幡迎风而立。岩石的笑映照着整个冶力关。

冶木河向前

不愿沉默。就作为一滴水，奋力冲出。

在冶木河，以雪的身姿，急迫的流速，将冶力关搂紧。

高山和峡谷归一，就是冶木河。不可低估雪的张力，从遥远而来，又到遥远去。这一刻的冶木河，远离喧嚣。

从我身边经过的每一滴水我都了如指掌。她的习性和顽皮，来自纯粹和自然馈赠。

从飞鸟的翅膀掠过，带着雪的体温和豪情，抵达辽远。

雪就是我的马匹，从岩石上奔涌而来。

宽阔的夜晚，我一步步靠近，在风的细节里燃起篝火，燃起神力。

冶木河，如哈达，流经千年也不曾干涸。

赤壁幽谷

山是有态度的。

进入山谷，以舒缓的节奏，也变得陡峭。

缺氧的消息，从手机里冒出来，总是抓拍不到理想的角度。

山体的窈窕，在高海拔的语境里，是卡斯特的高度和锋芒，适合一个人在这里走走。与自然相拥。

我的灵魂也可以陡峭。

但不是绝壁。

山体，加重我身体，每一寸都在燃烧。

我的声音可以传递，触碰到山壁又反弹回来，就形成了峡谷。

当然，赤是天地燃烧的颜色，迸发出苍茫的回声。

天池冶海

把冷的雾气收拢。

让每一滴水的缝隙遵循自然法则。

盘山而上，山的抒情不会干涸。

我在浓雾里抵达冶海。茂密的植物和云朵，端上这一海的青稞酒啊。风牵着外乡口音，和我站在一起。从农历里升起的太阳，献上哈达。

每一位都是尊贵的客人，走进冶海传说，理清的章节，绝对跌宕起伏。

雪下到冶海，冰结在冶海，就是一曲民谣。

唱不尽。

不老的海，有思想的深度。穿透这一刻的雾，包裹着冶力关。

缭绕了千年，那一滴滴水涌出来，就是取之不尽的青稞酒。

与冶力关的雪失之交臂

来的前一天，发出的信号是雪白的。

风吹到我的骨头里更是凛冽的。

我备好烈性的向往，以及抵御孤独的衣物，很期盼在雪地里那吱吱嘎嘎的声响的穿透力。渴望太久，来到冶力关，缺失艳阳高照。

雪流进了冶木河。比我还匆忙。

留在风的寒意，切割我的情绪。不断和江南交流，但也无法得到缓解。

雪复杂的语言体系，对一个外乡人，近乎严苛。

不让我进入到雪的内部，洞悉生命。

雪下无比纯粹的意识，不可轻易种植欲望。

一株株青稞摇曳，牛羊赋予冶力关兰州后花园的美誉，不断被提起。

作者简介： 亚男，本名王彦奎。四川省作家协会会员。出版过作品集，作品先后被《读者》《中国年度最佳散文诗》《中国年度散文诗精选》等转载。获中国散文诗天马奖及《人民文学》《诗刊》《青年文学》征文奖。

临潭纪事（三章）

周世通

冶木峡

一只苍鹰，在山之巅与云竞飞。倏地，似弦上之箭，乘喜泉飞瀑直下。

一群生长的鸟鸣，让冶木峡愈发生动。那挥动裙裾的瀑，且害羞着躲。

这里，峡谷蓄养了十足的湿度。略带醉意的雾霭，让峡谷辗转反侧。

此时，阳光顺着天光穿云破雾，像一只手轻抚脸颊，暖意接踵而至。

这里，石头里藏着火种。那来自源头的水声，开始欢腾。

蓦然回首，枫叶纷飞。牛蹄小泊，满池火焰。

莲花山

在九朵莲花簇拥的莲花山主峰上，一览辽阔。

这里，祥云擦肩，石头打禅，流水诵经，花草聆听。这里，群山苍翠，飞瀑弥散，清泉低吟，三河如练。①

---

① 三河：东面洮河，南面羊沙河，北面冶木河。

当年，据传莲花生在此传扬佛法，来这里朝拜的信徒摩肩接踵，香火不绝。现在，那写满暗语的古栈道早被佛音一级度亮。

此时，穿越时空的经声，让那些充满灵性的飞鸟，齐齐打坐于庙宇瓦檐之上，那神态足以让每一位俗身，还魂。

赤壁幽谷

在甘南临潭，赤壁幽谷让人以为误入时空隧道，鬼斧神工般影像令人目不暇接。

这里，岩石峭壁赤色入镜，颇有长江赤壁神韵。驻足仰望，岩壁肖像，生动逼真。阳光下，被霞光涂身的群像，散发奇异光彩，让人置身于梦幻的远古。

这里，有逸事和传说。彭祖曾在赤壁幽谷修道，仙人洞修身。这里，有人先于时间消失，去了幽谷隐居。古秦直道上那些裸露的枯枝，一直散发着檀香。

此时，借道的夕阳被我的镜头定格。夕阳没动，动的是那枯枝与壁上的天神。它们在崖壁上行走，诵经。

作者简介：周世通，笔名丁义。中国作家协会会员。出版个人著作《隐之诗》《映像川藏》等六部。其作品曾荣获第四届四川文学奖及国内多项诗歌、散文奖。现在成都某媒体供职。

洮州植物颂

敏奇才

蒲公英

在冬季坚如硬铁的寒冷冰床下做了一场美妙的梦。

而后在万物苏醒的季节里舒畅地吮吸了一口春的气息，随之，梦醒了。其实，梦，终究是要醒的。梦醒了，但不是黄粱美梦，而是怀着美丽的梦幻向往一个畅游的季节。

初夏，在太阳的畅笑声中，一群天使飞离母亲温润的子宫，飞向远方，飘向泥土，孕育下一个金黄的梦想。

用它金黄的梦，丰富着那个年代忍饥挨饿的饭碗，也调节着当今社会脑满肠肥的生活。

狼毒花

美丽，香艳，狗蹄样的花朵生生让人眼花缭乱。

摇晃着扑入眼帘的粉色背后，深藏着迷人的诱惑。耀眼而醉人的芬芳里藏着不为人知的剧毒，正如它的学名狼毒，让人猝不及防，可它吸引着善良和童稚勇往直前，一试身手。

幼稚的童年，它曾使无知付出了代价。一碗浆水竟和互不搭界的它在稚嫩的肠胃里汇合，挽救了一个嘴馋的岁月。但在来年粉色的诱惑里，无知者依然前赴后继，扭涩着哭丧的脸，向奶奶讨要一碗解毒的浆水。

太阳走了，月亮来了；月亮走了，太阳来了。

狼毒依然香艳。

诱惑依然迷人。

山面花

饥饿的记忆，和鲜艳的它永久相关。

童年解馋的寻觅，和梦中的记忆重合涌现。

鲜艳似乎和饥饿毫不搭界，但它的确用丰硕的成果喂养了一个饥馑的年份。

豌豆样大小的红果，在秋霜肃杀后的枯草丛中，深藏不露，等待着一双惊喜的眼睛抚慰它，一双稚嫩的小手捧取它，而后晶莹剔透地仰躺在一个白得透亮的瓷碗里，给一个正在长大的孩童留下一个永久香甜的记忆。

奶奶诉说，在饥馑的年代，它青涩的时光等不到丰硕鲜艳的季节，早被一双双枯手翻来覆去地摘尽掳光，见不到最后的阳光和生命。但也在饥馑的岁月里拯救了一个个倒地的灵魂。

雨点耀

高原上开着金黄色花的这种矮矮的木本植物，被喜悦它的农人冠以高贵的名称——雨点耀。

春生芽，夏开花，花期延至秋后，秋霜杀尽，唯此独艳。

盛艳里生长着一股天生的韧性和硬气。在物质匮乏的年代，锋利的镰刃舔舐它坚韧的筋骨，归拢着扎成把子，挂在屋檐下，任凭风吹日晒。曾几何时握在农妇粗糙的手里，爬在铁锅沿上磨砺着粘锅的渍汁，耗尽了它纤细的生命和短暂的青春。

尕脚花

硬硕的籽粒在秋后阳光的微笑中爆裂，飞跃，不情愿地离开母亲温润的子宫四散开去，落在一片枯草丛里，嗅着土地的腥味，深深地把自己埋在大地的胸膛里，在冬的坚硬里静如处子。经历了雪冻的经历，然后在一场春雨的滋润下迅疾地发芽，生根，破土而出，探视那个曾经晃了一眼的世界，笑对辉煌的人生。

在稚嫩的青春，积蓄力量萌发，生长，簇拥着坐等开花结果。

在诱人的初夏，一脚浅一脚深地走过青涩的光阴，终于露出了紫色的笑，笑得灿烂，笑得蓝汪汪。

淋着晨露的绿莹莹的早上，在铺天盖地的紫色笑容里，一朵朵笑容欢悦地跳进挎在农妇臂弯里的竹篮里，静思生命的旅程。

日暮的黄昏，焯了水过了油的花儿在农妇的巧手里肥了扁食，在斜斜的一缕炊烟里香透了无油的岁月。

蚕豆花

春日，早上，晴空天蓝。

一溜儿白白胖胖的像婴儿样躺在老犏牛翻开的犁沟里，最后望了一眼无限留恋的虚空，被翻腾起的幽黑润泽的沃土掩了大地的胸襟下。抖擞精神，孕育着，努力着，吮吸着，开始新的生命历程。

暖风吹过，雨露淋过，嫩黄的头颅破土而土。蒙头蒙脑，探视陌生而又新奇的世界，迎风招展。

一场雨，一场风，风吹雨打，日晒月沐，终究长大成人。结苞开花，花香春风，青豆馋人，秋熟的山野，光脊的孩童用一把野火喂饱

146

了馋虫。

麦麦菜

初春。

麦地，一片灰白，麦苗还没有透土。但有星星点点的绿色耐不住寂寞透出了地面，针样的芽叶弱不禁风。却和正在萌发的麦苗相互争抢，狠着劲吮吸地里的养分，长势迅猛。吸走了麦苗的养分，日日苗壮成长，不经意的几日便盖住了地皮。这是一个令农人犯难的活儿，铲也不是，拔也不能，只有用杂草药除之而后快。

巧手的奶奶，搭手瞭望麦田，自言自语地说，我还不信麦麦菜还能盖过麦子的风头。其实，众所周知，在那饥馑的岁月里，能食的东西都让人掐进了地皮，捋光了嫩皮，吃得一光二净。奶奶还真不信麦麦菜能长过麦苗，天天挎篮弯腰在麦田里掐麦麦菜。

清晨，粗犷的炊烟喷涌着冒出了屋顶，一锅麦麦菜的扁食端上了炕桌；黄昏，清蓝的炊烟划破长空里几朵白云，一盘麦麦菜包子被几只脏脏的小手一抢而光。

掐是掐不完的，吃是吃不光的，野火烧不尽，春风吹又生。

奶奶还真拼不过麦麦菜的长势。

麦麦菜依然生在田野，盛在篮里，用它稚嫩的芽草，被心灵手巧的农妇做出了一盘盘香喷喷的佳肴。

蜜缸子

一株株挺立的花草，在夏日的田埂上仰望蓝天，日日做着一个黄色的梦，招蜂引蝶。一群牛或是羊迈过沉甸甸的诱惑，寻觅一处青嫩的山场。而那个调皮的牧童坐在黄色的梦境里，拔，啜，吸，为未来渗入了甜美的记忆。

口口相传，甜蜜永久。

于是，盛夏的田野，一股股的香甜，甜透了脑子，甜透了肺腑，甜透了记忆。

石蒜花

生在石山，长在石缝，掩在黄莉刺底下，开出粉白的花朵。就因这粉白微辣的花香，让人不辞辛劳掐它，折它，但早晨掐是露水大，晚夕折是刺扎手。

三伏天，美食者去寻觅，掐，折。在阳光下暴晒，收集，炝油，下锅，味浓色香，食之不忘。

饥馑的年月，谁家有一把白色的干花，几滴清油，就能烧出一锅清淡的香味。油肥的今日，依然身价未跌，一锅豆面拌汤，炝上一勺石葱，定能成美食之精品，令人食之而不忘。

石蒜花，很多时候可望而不可即。

黄 芩

沉睡在冬季，萌发在春天，饱吸大地的精华，养足了精神，在初夏的田野盛开，如蓝色的妖姬，美丽的诱惑让人驻足，留恋……

飞翔在洮州的田间地头，用花蕊去甜美着一群疯玩孩童的心，医治嘴馋之病。

开花诱人，结果硕硕，枯黄挺举。让一双锐利的眼神记住了它的家，它的根。

一场风，一场雪，麻眼的奶奶有了头疼脑热，瘸腿的爷爷扛了镢头，在雪地里凭着记忆寻觅。一处塄坎上积雪中冒出枯黄的干草，让瘸腿的爷爷双眼放光，挥汗不止。

一抱干草，一口铁锅，一瓢清水，一把黄芩，沸腾着爷爷的疼爱和希望；一座暖炕，一床厚被，一碗药汤，一身热汗，洋溢着奶奶的喜悦和清爽。

艾　花

艾花，在杂草丛中一枝独秀长着厚实叶片的草，素雅粉白、清香弥漫的花竟也随了人的性情学会了选择，长在田间地头，开在农人的眼帘里。

中伏天，天高气爽。

坐在塄坎上歇响的困乏农人瞅着在微风里摇晃的花朵，忍不住伸手去掐，像棉球样地存放在遮阳的草帽里。晒干，装在缝制的长条布袋里，塞进枕套，让夜夜无眠的爷爷和奶奶沉睡在艾花的芬芳里，枕着柔软和香甜，做着青春的梦，成年的梦，还有那飞翔的梦……

辣酸叶

牛耳样的叶片，在牛嘴边溜之大吉，随之欣喜若狂地跳着摇摆舞，幸灾乐祸地嘲笑那些进了牛胃的细软小草。

在天旱的年景里，你吸尽了大地的精华，把自己喂养得肥肥胖胖，顶着一个硕大的头颅，鲜艳而招摇地显摆自己。

小草已没有气力再次透出地面长高长壮，而只有你肥硕的叶片随风飘荡，空着肚子的牛羊再也忍不住饥饿的诱惑，一嘴狠狠地咬了下去，狠狠地吞咽进了胃里，任凭你辣你酸，填饱肚子是关键。

于是耕牛的春天，离不开又辣又酸的岁月；耕牛的黄昏，如刀的脊背上留下了如刺的鞭痕。

马莲花

马莲绳绳拦路呢，我俩啥会儿相会呢。

马莲扬花的时候，两颗年轻而骚动不安的心，再也拴不到宽敞的场院里。

放牛的男娃，用马莲草编了一条长长的草绳，在草结里编进了他的情，他的爱。牧羊的姑娘，放开嗓子唱出了一首撩情的花儿，看着拦路的马莲绳儿，笑得像清脆的铃儿。结绳的男娃该知道怎样对唱花儿了。

用蓝色的花色迷住人，再做成拦路的绳草。用撩情的花儿难住人，再唱出心里的话儿。

于是细长的草绳拴住了一对有情人的心。

野　菊

谁是九月里开花的草，谁是九月里傲霜的花？

只有野菊，亭亭玉立，一枝独秀，在枯草丛中花枝招展，要尽风流。

一滴清澈的雨点击打霜杀的枯叶，紫色和黄色的风毛抖落纤细的菊籽，延续古老的生命。也有随风飘飞的菊籽，飞落在山下的溪水中，它们在如镜的水面扭着婀娜多姿的身躯顾盼自如，自展美丽，漂着流向远方。

于是，在来年的春天，突然有一粒菊籽萌发在水里，成长在岸边，养育了一群畅游的鱼儿，竟挪不动它臃肿的身躯。

白头翁

白头翁，俗称毛娃娃。

塄坎上的一根古藤，枯枝样搭着，竟在春风的催促下萌发出嫩嫩的新芽，在春雨的抚慰沐浴下一节节地长高，在繁茂的绿叶中间羞涩地探出了戴着小黄帽的头，不敢抬首，怕在太阳底下闪出它早白的头。

牧童折了它，彼此钩头，玩耍，落了一地的小黄帽，终究来不及白头到老。

牺牲了自己，给牧童们无聊的生活带来了无限乐趣。

只是，守着村口把脉瞧病的老中医狠狠地剜了几眼玩钩头的牧童，心中留下了几多不快和遗憾。

地梅花

一声春雷，一分松软。

雷响过，风拂过，坚冰千疮百孔，嫩黄的草芽蠢蠢欲动，想探视这个新奇的世界。

像弱挣生命的蓝蝶争先恐后抖落身上的枯草，望着太阳，咧开嘴哗哗地笑了，笑容淡蓝而灿烂，迷人而可怜。

开花了，引领春天的旋律，也主治着春秋季节喷嚏连连、鼻涕淋漓的疾病。

爷爷佝偻着腰，拿了小铲，把这蓝蝶一朵朵剜进篮子里，阴干，夜晚拿两朵塞进发病的鼻孔，安然入睡。翌日早晨，肿大的鼻子变得小巧玲珑，神清气爽。

爷爷说，春塞地梅秋塞菊。剜点地梅掐点野菊备着给人治春秋季节频发的鼻炎是爷爷的本分。

孙子文绉绉地说，地梅开花是鞠躬尽瘁，死而后已。

爷爷爽朗地笑着，轻轻地拈起一朵干地梅放进了茶杯里，眯起眼慢慢地品起来。

麦　伞

深秋，麦黄，田间农妇挥汗如雨。

地塄坎上细碎的茅草如针，草间指甲盖大小的白蘑菇若隐若现，如撑开的小伞隐在小草中间。

午间，农人歇晌，端着茶杯，身边放一草帽，说着话儿，品着绿茶，随手掐着麦伞，像一朵朵的花儿轻轻地飞进草帽里。穿开裆裤的顽童，见了也掐着麦伞，一朵，一朵，捏在手心，撑手时也学大人样丢进草帽。

黄昏，炊烟咕嘟地冒出了屋顶，一股清新扑鼻的香味弥漫在村子上空。

一盘切碎的中伏里下种的头茬毛葱，用新榨的菜籽油，炒出了半盘麦伞臊子，拌上手擀的长面，让一家人吃出了难以忘怀的喜庆和对生活的无限向往。

苦籽菀

初春，广袤的田野，丰盈充实的耕地，掩不住一段荒芜贫瘠裸露着胸膛的苦焦塄坎。

在坎角，顽强的苦籽菀率先顶破坚硬如铁的土层，透出了光秃秃有点嫩黄的芽叶，沐着露水在春风的抚慰中爬上塄坎成长，等待开心畅笑的一刻。

一场雨淋过，苦籽菀嗖嗖地长高，馋嘴的山羊早就闻到了它的香味，用硬角拨开门闩，一路小跑着奔那段塄坎寻觅而去。

奶奶算准了日子。在清晨，提了篮子，拿着铁铲，也奔苦籽菀而去。

奶奶说，吃过了各种蔬菜煮成的酸菜，都没有苦籽菀的酸嫩、甘香。

奶奶剜来的苦籽菀绿叶嫩茎煮了酸菜，老秆喂了兔子。

几日后，和了苦籽菀酸菜的豆面拌汤，吃得一家大小大汗淋漓，浑身畅快，喜庆满面。

没有被山羊吃过，没被奶奶剜过的苦籽菀迅速地爬满了塄坎，生机盎然地开出了一朵朵像牵牛花一样的蓝色花儿，笑盈盈地迎送着温润的季节，孕育着新的生命。

苦苦菜

奶奶曾说，这个世界上再也没有像苦苦菜那样命硬的东西了。

其实，苦苦菜的命也够硬够苦的了，一粒种子落在有土的地方就能生根发芽；一截挖断的残根，只要遇到土壤就会再次生根成长。

初春开犁播种，犁沟里翻出了白白胖胖的苦苦菜根子，父亲耐心地捡起来丢在塄坎上晒成干苦根。后晌时，收拢到编织袋里带回家，再筛掉土粒，杵碎，每次饭后一勺，竟治好了母亲多年断断续续发作的阑尾炎。

父亲说，苦苦菜是好菜，也是好药，但就是脏地吸肥。

母亲说，不怕地脏，地脏了铲，铲不净了剜，铲着剜了还能吃上菜治病。

父亲笑着不置可否。

父亲见人就推荐苦苦菜的好处。

人也都信了。也都相信苦苦菜的功效。

作者简介： 敏奇才，男，1973年生，甘肃省临潭县人。中国作家协会会员。甘肃省临潭县文联专职副主席。小说、散文、剧本散见于《民族文学》《中国作家》《天涯》《南方文学》《光明日报》等刊物。出版散文集《从农村的冬天走到冬天》《高原时间》，小说集《墓畔的嘎拉鸡》。

冶木河：漂泊者的精神版图

王朝霞

1

大地上的每一条河流，都有最遥远的故乡。

冶木河流经小镇时，倾心于将军山的伟岸、冶木峡的温柔。于是，在一次次的回头中，把自己流成了一首柔肠百转、格调明快的乡村民谣。

炊烟起时，夕阳会给河水穿上金色的纱裙，看一朵朵浪花在光晕中舞蹈。

我经常坐在低矮的堤岸上，哼着熟悉的童谣，把脚丫子伸进水中，扑腾出很多好看的浪花。

夕阳顽皮，拉长了一个个天真懵懂的影子。又把跌进水里的笑声，兑换成一颗颗叮当作响的珍珠……

那时候总是贪玩：

喜欢趴在桥栏杆上，在一朵浪花的眩晕里让桥带我们飞速远走。

捡薄而宽的石片，在它划破水面的无数个波纹里雀跃欢呼。

掬起一捧又一捧的河水，直到洞穴冲毁，蚂蚁们仓皇逃窜。

撕了不是满分的作文，看白色的碎片被浪花卷着流向不为人知的远方。

——一条宽厚的河流，总能接纳童年里所有的无知。

那时候，我以为一条河流就是全世界。

那时候，我以为河流会像妈妈一样，一直陪着我们长大。

那时候，年少轻狂的我们，无人能懂一条河流的慈悲和孤单。

2

"白毛浮绿水，红掌拨清波"的大白鹅，曾是冶木河里最醒目的风景。

它们在水面上追逐嬉戏，在树荫下聚众开会，在向阳处谈情说爱，用娇憨、呆萌或羞涩的韵脚，为每一个平淡悠长的日子平添几分生趣盎然。

涟漪总是温柔，衬得红色的鹅掌像一个个巨大的逗号。

岸上，青葱一样挺立的我们，常常因为抢着认领这些逗号而吵个不停，直到夕阳散尽、逗号一个个消失。

那时候，小镇上的人们开始有了环保意识：禁止往河里倾倒垃圾污水。禁止用炸药捕鱼捞虾。禁止在河边吵架拌嘴骂脏话……

冶木河水一天天变深、清澈见底。

水里的鱼儿渐渐从容，不再被岸上响起的脚步声惊得仓皇逃窜。

一些水生植物开始蓬勃生长，邻家小妹一样亭亭玉立于河床中央。

浪花也开始变得勇敢，像镇上的人们一样奋力向前。

3

时光荏苒如白驹过隙。恍惚间，人间已是斗转星移。

几缕春风吹过、几滴春雨落过后，奔腾不息的冶木河愈发丰腴生动起来——

铺陈在水面上的晨曦，会泛出金属一样的光芒。

两岸整齐划一的镂空护栏，让河水变得独立、干净、欢畅。

宽敞的堤岸上，舞步轻盈，歌声飞扬。

小镇新生的山水草木，开始吸引了路迢迢而来的画家，走进了摄影家的镜头和诗人的笔记本……

河还是那条宽容的河。山还是那些低调的山。

曾经身在深闺无人知的小镇，如今却成了避于喧嚣、静于养心的灵魂栖息地。

万千目光抚摸过的河流，依旧不改初心地守着小镇，守着老人的梦呓和游子们的梦想。而冶木河，却一天天流成了无数漂泊者的精神版图……

作者简介：王朝霞，女，汉族，甘肃省临潭县人。媒体记者，甘肃省作家协会会员，甘南州作家协会副主席。作品见于《散文》《散文诗》《中国校园文学》等期刊。出版有个人散文集《因为风的缘故》。

冶力关，我前世的喜悦

曲桑卓玛

香子沟

冶木河的浪花，总在梦里一次次地呼唤我，用月光、用晨雾，用星星点点闪烁在河面的金光，告诉我一段难舍的情缘，抑或一段如朝露般清澈的心事。

薄雾，说来就来，漂浮河面游走如画。

忧愁，说来就来，翻卷心田悄无声息。

香子沟。一只梅花鹿，踩着微微的晨光，行走在雾气缭绕的原始森林，自由、奔放，而又从容不迫。

山中翠微，从茂盛、葱茏到郁郁苍苍，林中的光影像随手泼洒的油彩，将鹿影嵌入画布，与山色空茫共舞徘徊。

水芹、蕨菜、乌兰头，还有柳花菜和鹿角菜，这些山野珍品是否也有前世今生爱恨悠悠？伯夷、叔齐不食周粟，在采薇度日的困苦里，可曾想过冶力关农家乐的饭桌上，野菜早已身价倍增？

鸟栖松林，藤萝摇曳。枝叶间数不尽的幽明变化里，看一丛丛老树长须飘拂而下，你眼中的星光，累积心中无尽的喜悦。

赤壁幽谷

走进赤壁幽谷，岂能掩饰自己的欢喜，有如此炽热？丹霞吐火，像极了一段烈火烹油的繁华往事。

檀唇，琼琚，朱石栗？

驼褐，椒褐，明茶褐？

我不知道该用哪一种颜色形容你的雅丹本色？仿佛从黄沙漫漫的大漠里一路向东，走到莲花山下就不走了。爱与恨，甘与苦，一旦放下就会走进坦荡荡的幸福里。

黄昏垂下眼睑，幽谷里的观光客也渐渐散去。风景如画的冶力关，有假山嶙峋、喷泉舞蹈、玫瑰花簇拥的民宿关驿，也有花园、湖水、曲径通幽的宾馆酒店，冶木河环抱着一个温暖的小镇，载动许多旧梦。

饮马池

传说中，常遇春将军饮马的地方。只因你来过，我就疯狂地爱上这一泓清泉。

可曾想过结庐于此，织网、打鱼，种菊、采桑？虽在人境，却无车马喧嚣。

这一泓高原的海子啊，倔强、冷峻而又清绝，连鱼儿都不能在水下作俗世里的繁衍和生息。清澈的水里只有水，以及水底的石子也清澈如许。

我清澈的爱，只为你。

常遇春走了，你也走了，背影伟岸灼痛了眼眸，方知"欸乃一声山水绿"，原本就是我的一厢情愿。

饮马池畔，经幡替我把平安喜乐诵了一遍又一遍。

今生，只把你藏在心底，把你的名字诵了一遍又一遍，直到那个名字变得晶莹透亮，也把杨柳岸晓风残月，细细说与你听。

冶海天池

浪花绣满回忆，草木守候深秋，我在群山之外念了又念。十五年，弹指一挥，却也漫长如一个女人无法倾诉的悲欢。

冶海，是湖，也是海。

山风煜煜，天光云影把寂静和优雅堆叠得一层又一层，让时光静坐在云端。

梦中的天池，顾盼生姿，却又咫尺天涯。你的蓝，蓝得多么纯粹，多么率性！曹衣出水，还是喜欢你翡翠般玲珑的胴体。

时光潺潺，它带走了那么多疑问，唯独把皱纹和白发过早地交付与镜中的女人。

许愿的八宝，像箭矢纷纷坠入水底。那些闪着光芒的愿望，也在岸边的桑烟里袅袅娜娜。祈祷风调雨顺，或者金银满仓，于冶海而言，都是一场空寂。而我，在最深的寂寞里，一点点、一点点辨识自己。

湛蓝，如你隐忍的言辞，洞穿浮世所有的谎言，你只是不说，只是不说啊！

莲花山

山如莲花，歌如莲花，村庄里越积越厚的心事亦如莲花。

莲花山，洮岷花儿睡眼惺忪的摇篮。

六月六，浮动的花伞和彩扇，淹没你所有的矜持和害羞。将花开的马莲编成绳，拦路对歌漫花儿："马莲绳绳像彩带，咱们两家把歌赛。唱上去，对着来，活像莲花并蒂开。"

冥想，或凝思。在莲花山，将风声、鸟声和歌声注入茶盏，袅袅茶烟里仰望花儿把式的机敏和豁达。

那绕梁三日的余音，抑或冲破云天的豪情，很难说它是水中之火，还是火中之水？

花儿浓酽，像茶，也像酒。

莲花山，于清风里沉醉。不敢奢望能留下来，唱一段火辣辣的花儿："情丝像水割不断，山歌像海永不干。千年石莲开不败，口唱花儿透心田。"

暝色如烟，万物沉寂。

不论是临潭、卓尼人，还是临洮、康乐人，在这幸福流蜜的莲花山，都可以敞开胸怀倾诉尘世的苦乐酸甜。

花开的小镇

花儿绽放，宛如《诗经》的文字复活，意境浑然天成。

冶木河浪涛拍岸，不舍昼夜，不断将旧梦轻轻风干又打湿。

你的小镇，被河水拥入怀中，平添几分江南神韵。

白云与飞鸟在瓦蓝的天宇，放牧时光里的故事。大地上的安静，是水边芦苇隐秘的心事。

风，一万零一次漫过小镇的额头。

相思成灰。冶力关的美是一幅古卷轴，令我难以平静地打开。

蒹葭苍苍，白首芦花可是你一生等候的归人？琵琶幽怨，谁又是那个重利轻别离的商人？

大丽花捧出明艳的笑容，我记住你的小镇叫冶力关。不论是柔柔的吴侬软语，还是高亢的花儿，一些丰润的意象，纷纷在小镇冶力关安家落户。

而破土开花的薰衣草、格桑花和金露梅，是我前世今生不变的热爱。

这话，我只说给风听。

作者简介： 曲桑卓玛，女，藏族，又名赵桂芳，生于甘肃省舟曲县曲告纳。甘肃省作家协会会员。作品散见于《散文诗》《草原》《格桑花》等刊物，作品入选《2020 中国年度作品·散文诗》等选本。出版个人散文集《坐看云起》。

多彩洮州

禄晓凤

一

有一种底色，叫"生态绿"。

甘南，是青藏高原上一颗璀璨的明珠。

数万年来，地理经纬的大开大合，成就了其独一无二的生态天赋、也激活了高原人民与生俱来的绿色崇拜和生态信仰。

鸟瞰洮州大地，想想这片面积1557.68平方公里的土地上，承载着十六个乡（镇）一百四十一个自然村的梦想，安放着十五点九万颗灵魂和无数游子的乡愁。内心便百感交集——

高山丘陵地带，四通八达的公路网完美地策划着腾飞的蓝图，风雨沧桑的牛头城见证着历史的烽烟跌宕，洮河岸边的磨沟文化遗迹记忆着千年的文明，一望无垠的美仁草原涌动着蓬勃的希望，巍峨挺拔的黄捻子原始森林起伏着大地的深情，碧波荡漾的冶海天池涤荡着心灵的尘埃，荡气回肠的赤壁幽谷诉说着地球亿万年的心事，云蒸霞蔚的梯田村落演绎着这一方山水别具一格的田园风采和秀美神韵……

秉承"绿水青山就是金山银山"的信仰，无数人躬耕在这座神奇的"聚宝盆"里，在绿水青山与金山银山之间，精心酝酿着绿色的梦想。

无须精挑细算，信仰的航标就会油然而生。

二

有一种本色，叫"大地黄"。

大山是身躯，河流是血液。土地是命脉。

勤劳质朴的洮州人，以土地为船，以铁犁为桨，以"二牛抬杠"为帆，兀自乘桴浮于海。

他们顶着烈日星辰，凭借一股倔强与傲骨，犁开茫茫黑夜，犁开寒风、苦难与未来，播种下小麦、青稞、洋芋、大豆等金黄的硕果。

然后匠心制出麦索儿、馓子、贴锅巴、焌锅等食物，佐以狼肚菌、野木耳、卧龙头等凉菜，就着罐罐茶水，一起填饱肚子、填饱梦想，一起饮下高原的孤寂和苍凉。

热情爽朗的洮州人，肩上扛起生活的大山，手里头紧握着镰刀、耙、铁锹、连枷向着太阳而舞，把高原踩在脚下，把高原装进胸膛，把高原燃进心脏，自由地、坚定地、豪迈地，抵达祖先们从未曾涉足的彼岸……

无须刻意渲染，生命的律动就会熠熠生辉。

三

有一种景色，叫"古道黑"。

古之洮州，西控番戎，东蔽湟陇，南接生番，北抵石岭。

夏商周代是雍州辖地，春秋战国为羌人所据。秦为陇西郡，汉为临洮县，周置洮阳郡，隋为临潭县，明设洮州卫，清改洮州厅。

冶力关，历史上曾是联结东西、通衢南北的重要关口，也是古时进入藏区的重要门户，是藏族地区和中原地区茶马交易的重要通道。来回穿梭于这条唐蕃古道上川流不息的人群、黑压压的马队，把丝绸、瓷器、药材、盐巴、绿松石等交易物资源源不断地运往藏地，而藏地的牛羊、皮革、山珍土产也持续不断地输往内地。

唐蕃古道——一条连着陇右和巴蜀，连着中原和雪域，连着过去和未来，连着辉煌与文明的路。

风不断，唐蕃古道上羌笛声声、剑人高歌、僧侣穿梭、商贾云集……

无须身临其境，文明的春雨就会润泽心扉。

四

有一种成色，叫"洮州银"。

明洪武十二年，洮州十八番族三副使等叛乱平息后，为巩固西北边防统治，朱元璋命沐英其部屯兵戍守洮州。

解甲归田，休养生息。

戍边将士从江南万里举家北迁洮州，把自己化成一颗颗种子，播进洮州大地。垦荒坡、伐密林、斩豺狼虎豹野兽、斗外族入侵，用信念和智慧拼出一个熟悉的江淮故乡——洮州卫。

闲暇之余，将士们开展拔河娱乐"教战"活动，角逐体力以强健体魄，把对洮州的热爱、对江南故乡绵延的乡愁倾注到一根银色的绳子里。拔河兮！拔河！

与青春拔河，与大自然拔河，与生存和死亡拔河，与苦难和未来拔河。拔出天之辽阔，拔出地之厚重，拔出乾坤浩远，拔出一个魂牵梦绕的江淮故乡……

无须惊天动地，精神的力量就会所向披靡。

五

有一种物色，叫"江淮花"。

落霞归去，华灯初上的洮州屋檐下，在月光与灯火的扑朔迷离中以别开生面的情愫和惊喜向心灵深处渐次推移——

绾云髻，簪鬓花，脚穿凤头绣花鞋的来自烟雨江南的洮州尕娘娘们，心怀美好的憧憬，身穿"西湖水"样的蓝色长衫，背靠在四合院平顶屋的雕花门窗下刺绣、伫立、思考。

以平针、参针、挑针、长短针、空心针为经，以锁针绣、错针绣、网地绣等为纬，经纬交织把自己融进一幅幅花窗花、花鞋样儿、花枕头、花围裙、花鞋垫的剪纸或刺绣中。

让手中那另外一个个自己，替她们永恒地活着，爱着，眷恋着。

绚烂的花幸福的花铺天盖地的花风情万种的花，为明月当空的高原点缀了一抹耀眼的华彩，为繁星闪烁的洮州平添了几许浪漫情怀。

无须蓦然回首，记忆的廊桥就会灯火阑珊。

六

有一种音色，叫"纯洁白"。

洮州既是生态的摇篮，也是"花儿"的故乡。

洮州人匍匐大地与河流，所以走路和跳舞就像高山流水一样雄壮妙曼；他们崇拜太阳和月亮，所以说话和唱歌就像绝世天籁一样优美嘹亮——

"阳山葡萄阴山杏儿，／杏儿把葡萄望着呢，／心想连你成一对儿，／白天黑夜想着呢，／有心问你难开口儿，／一对门牙挡者呢。"

高亢、热烈、野性奔放的"洮州花儿"，带着太阳的温度，夹着泥土的气息，像一支离弦的箭，穿越清风穿越高岗，穿越四季穿越飞鸟，直命中你滚烫的心窝窝儿：

"竹子扎了纸马了，／叫你把我想傻了！／想者天聋地哑了，／浑身肉合刀刮了！"

——那一声声热烈，不正是她们心中对故乡、对思念的恋人深情的呼唤和呐喊吗？

声起，江淮近；声落，群花笑。

音起，百鸟静；音落，万物醉。

无须曲高和寡，自然的天籁就会绕梁不绝。

七

有一种血色，叫"基因红"。

在底蕴丰厚的历史文化脉理中，流光溢彩的生态文化脉象下，昂扬向上的红色文化脉络清晰分明，如一股涓涓细流涵养着洮州百姓的人文气质。

1935年，卓尼第十九代土司杨积庆在迭山峡谷中雪中送炭为中央红军让道、开仓放粮，后全家七口不幸牺牲。深明大义的杨土司用满腔赤诚与热血染红了这片土地。

1936年8月，中国工农红军第四方面军在朱德、张国焘、徐向前等人的率领下攻占临潭，在这里建立了甘南历史上第一个中华苏维埃红色政权，揭开了临潭人民革命的新篇章。

1943年，肋巴佛带领汉、藏、回、土等各族贫苦群众在冶力关泉滩誓师起义，前后约十万人参与革命活动。巍巍苍山遍洒男儿热血，革命的火种在河洮岷大地星火燎原……

如今，苍松如映，翠柏林立。当年的故事被刻进了历史里，被这片土地永久珍藏。他们的红色精神和生命还在这片土地上继续延续……

无须慷慨激昂，奋进的旗帜就会迎风飘扬。

八

有一种天色，叫"洮州蓝"。

蓝天白云与蓝色水彩写意的日月星辰，共同构成了洮州得天独厚的蓝色发展背景。

沿着时光的河流一路追忆发展的峥嵘岁月，可以追忆到四十多年前。

　　四十多年来，勤劳勇敢的洮州各族儿女像石榴籽那样紧紧抱在一起，在改革开放的嘹亮号角下一路披荆斩棘，击败"非典"的万千严峻，直面新冠肺炎的生死考验，在完成了精准脱贫的伟大壮举后，又拉开了乡村振兴的蓝色巨幕。

　　在这条古老的唐蕃古道上，在风、雨、雷、电的肆虐下，把汗水、泪水、血水融入一条发展的蓝色大河中，汇成一股强劲的合力，才得以让洮州华丽转身蓬勃奋进在新时代生态文明建设的浪潮中……

　　无须推波助澜，发展的巨浪就会汹涌澎湃。

九

　　绿色妙笔千秋画，生态绝唱万古琴。

　　日月垂青的大美洮州，在亘古轮回中挥舞着人们对雪域高原最神秘的想象；

　　云朵托起的世外桃源，在缤纷绚丽中牵引着人们对青藏之窗最深情的眺望；

　　山河蜿蜒的大地艺术，在跌宕起伏中律动着人们对生态家园最嘹亮的咏唱。

　　红色引领。绿色崛起。蓝色奋进。

　　在这三基色怀抱中的生态调色板上，勤劳勇敢的洮州人民把黄色白色黑色银色花色大力渲染，顺应时代的主旋律，奏响生态的琴，铺开发展的纸，握着旅游的画笔，蘸着拼搏的颜料，绘出多彩洮州凝聚着自然万物精华的大地艺术画卷，不断创造新的奇迹！

作者简介：禄晓凤，笔名杜若子，藏族，甘肃省临潭县人，中国少数民族作家学会会员、甘肃省作家协会会员。作品散见于《文艺报》《散文诗》等。获首届"中国魂散文诗奖"全国散文诗大赛三等奖。出版散文诗集《牧云时光》。

图书在版编目（CIP）数据

洮州行吟："魅力临潭·生态家园"全国百名诗人看临潭
采风作品集 / 崔沁峰主编. -- 北京：作家出版社，2023.1
ISBN 978-7-5212-2094-0

Ⅰ. ①洮… Ⅱ. ①崔… Ⅲ. ①诗集－中国－当代
Ⅳ. ①I227

中国版本图书馆CIP数据核字（2022）第205556号

**洮州行吟："魅力临潭·生态家园"全国百名诗人看
临潭采风作品集**

主　　编：崔沁峰
执行主编：敏奇才
责任编辑：李宏伟　秦　悦
装帧设计：薛　怡
出版发行：作家出版社有限公司
社　　址：北京农展馆南里10号　　　邮　　编：100125
电话传真：86-10-65067186（发行中心及邮购部）
　　　　　86-10-65004079（总编室）

E-mail:zuojia@zuojia.net.cn

http://www.zuojiachubanshe.com
印　　刷：河北京平诚乾印刷有限公司
成品尺寸：152×230
字　　数：133千
印　　张：11.125
版　　次：2023年1月第1版
印　　次：2023年1月第1次印刷
ISBN　978-7-5212-2094-0
定　　价：38.00元